浙东运河诗选

中共杭州市萧山区委宣传部
杭州市萧山区人民政府新塘街道办事处
杭州市萧山区作家协会 编

浙江工商大学出版社
ZHEJIANG GONGSHANG UNIVERSITY PRESS
·杭州·

图书在版编目(CIP)数据

浙东运河诗选 / 中共杭州市萧山区委宣传部,杭州市萧山区人民政府新塘街道办事处,杭州市萧山区作家协会编. — 杭州:浙江工商大学出版社,2021.2

ISBN 978-7-5178-4283-5

Ⅰ.①浙… Ⅱ.①中…②杭…③杭… Ⅲ.①诗集-中国-当代 Ⅳ.①I227

中国版本图书馆 CIP 数据核字(2021)第 021314 号

浙东运河诗选
ZHEDONG YUNHE SHI XUAN

中共杭州市萧山区委宣传部
杭州市萧山区人民政府新塘街道办事处 编
杭州市萧山区作家协会

责任编辑	张晶晶
特约编辑	李大军
封面设计	大漠照排
责任印制	包建辉
出版发行	浙江工商大学出版社
	(杭州市教工路 198 号 邮政编码 310012)
	(E—mail:zjgsupress@163.com)
	(网址:http://www.zjgsupress.com)
	电话:0571—88904980,88831806(传真)
排 版	杭州大漠照排印刷有限公司
印 刷	杭州丰源印刷有限公司
开 本	889mm×1230mm 1/32
印 张	7
字 数	164
版 印 次	2021 年 2 月第 1 版 2021 年 2 月第 1 次印刷
书 号	ISBN 978-7-5178-4283-5
定 价	88.00 元

目录

旧塘，新塘五首

胡理勇

◎拉纤者

古运河上，拉纤留下了一小段
更长的，给忘记了
就像痛，记取的就那几秒
留下的伤疤，都好像是假的

运河边上，那些如砥的石板
是无数拉纤者的脚板磨出来的
波光粼粼，古老的唱片
让我想到那些沉重的叹息

石板路上，留着历史的插孔
那是拉纤者前行的支撑点
为数不多的系缆处
陈旧得，失去了系缆的功能

历史，总是负重前行
纤绳，勒进肉体，折磨着骨头
血水、泪水、汗水，交织着
谱写一部低头匍匐的历史

◎传说

历史传说，总是那么迷人
我们相信，都是真实发生过的
那是一帖养生的药
有病没病，都不可或缺

站在箩婆桥上，往唐朝深处看
高官贺知章也有不堪回首时
一头装着母亲，一头装着经书
行乞，对成功者而言是励志

花木掩映下的箩婆寺
据说是贺知章为纪念母亲而建
唐朝的建筑，骸骨都没了
知道是新建，还宁愿信其是真迹

由贫穷而富裕，由卑贱而高贵
历史或现实，太需要逆袭的故事
从箩婆桥到箩婆寺，夏蝉喋喋不休
难道它们有不同见解

◎新塘行

把古人的骨头，拆了
装点当下的门面，无可厚非

有名的古人,屈指可数
只能把他们碾成粉,当胭脂使用

朱凤标有名,还是他的故居有名
庭院深深,侯门深深
榜眼,朝廷大员,人以为傲
门前的船道,石拱桥,从没清静

辛苦贺知章贺监,终年日晒雨淋
为故土站台,总愿意的吧
知章公园虽小,但寸土寸金
雍容的知章铜像,侧漏大唐气象

再往上溯,就是春秋战国了
这里是吴越争霸的越地
把勾践、范蠡、文种、西施搬来
也算古为今用

其实,今天的新塘,一切都新
足以让古人感到骄傲
突然一觉醒来,定以为在天堂

◎旧塘,新塘

明明生活在陆上,却叫新塘
这是一个有意思的名字
有新塘,必有旧塘。它又在哪里

找旧塘,沿着浙东古运河找
它在朱凤标的朝廷上,他的故居里
它在贺知章的唐朝。自号四明狂客
金龟换酒,李白与他成忘年之交
受赠"谪仙人"名号,深感为幸

找新塘,沿着宽大的马路去找
几纵几横,它们塑造崭新的格局
不断生长的高楼,又算哪根葱
让我深深体会到了这个夏天的热烈
农业、农村、农民的影子无处可觅

旧塘,充满着书卷气
新塘,正值青春,满是荷尔蒙

◎点　睛

点了睛的龙舟,才能下水
这是一门技术活,需在锣鼓喧天中进行
过去,主要由乡贤把持
现在则成了一种仪式
被点了睛的龙,果真轰然腾空而起
将生产出多少错愕的现代叶公

必须给龙舟,进行通体文身
文上团团彩云,以示能御云气而行

纹上层层波浪,以示能踏浪前进
龙头必须威严、凶猛,最好让鬼神见愁
龙舟相竞,实质上是古水战的翻版
应该欢迎这种改变——化戾气为祥和

断发文身,是古越人的习俗
宋人适诸越卖帽,得到了庄子一番讥讽
越官员到北方聘问,被要求戴帽入朝
严正拒绝,几酿一场外交事故
是跟夷狄一样的南蛮,是落后的同义词
宣称太伯、仲雍之后,拼命往脸上贴金

唯有实力,才能赢得对方尊重
向文明靠拢,并超越他们
春秋时,勾践们早就这样做了

在新塘，想起一些旧事（组诗）

严敬华

◎榜眼墙门

拐入老式的墙门，朱老先生似乎触手可及
但，其实这是一座空宅子
所有具象事物都只在浮想之中

三进的空静充满中年的隐喻
水缸在屋檐下积蓄着空的哲学，空的美
那朝东阁楼，阳光取走身体上的实

在水边长大的读书人最懂得浮沉之道
船道修至家门口，这是萧山相国的无上荣耀
技多不压身，六部尚书做过五部
货卖帝王家的生意经营到极致

从书房出发，转了一圈又回到书房
归隐之地有深刻的纹路，如天空一样澄澈
这个萧山首富，也许跟钱没关系
但并不妨碍他身后的另外一种丰盈，源源而来

◎箩婆寺,以及箩婆桥

自称越人,秉性的临摹是有渊源的——

挑行于乡间。孝义,得以抚慰
不太讲究细节,箩婆河只阐述故事的存在
真实与否并不重要。传说也是一种救赎

暂且放下执念,一些事物终会回来
不太注重形制,箩婆寺把各路神明召至一处
反正是短暂的交集,内容可以大于形式

与彼岸隔河相望,箩婆桥专度有缘人
比如,遇事要晓得弯曲——
"心有桃花源,处处水云间"

◎在知章公园,遇见一尊微胖的石头

走进新塘,梅姑娘正在赶路
初歇的雨后,遇见一尊微胖的石头

年少如此轻狂,归来却是不倒翁
打磨自己的最好方式,莫过于挺直腰杆

想当年,长安城内,太子率百官饯行
四明狂客将朝堂之上的波澜,一并打包回乡

而今,熟悉的陌生人早已遐迩闻名
一茬又一茬的孩童,也不再询问客从何来

站在一片阳光辉映的树林里,遁世
停歇的身体,却早已装不进大唐的江山

在知章公园,贺监只守着一亩三分地
时间在他身上,凝固成汉字的精髓,灌溉人间

◎浙东运河,在内心蜿蜒

每一道阳光都刻在岁月的后背
庸常的劳碌,不断征伐他的躯体
步履蹒跚的脚力在熙攘的人世川流不息

纤道上,迎面而来的注脚都似曾相识
千帆过尽,该宁静了。万物,各有其时——
缓慢的事物从容地隐入孤独
蜿蜒穿城,河面从来没有这样空旷过

从细碎光阴里抽出身来,重建的秩序端坐于心
每一次微澜都背着风,还带着某种记忆
有时酸,有时甜

◎新塘彩龙舟

每到五月廿二,湿漉的故事总要翻出来温习一次
新塘的彩龙舟不为屈子,只为曹娥

一场蓄意的民间册封,通过锣鼓号子获取力量
众人奉上祈福,重复着仪式

三叶彩龙舟,在新东河轮流摘取温暖的目光
带着香味的灵魂飘于水面,再次复活

向善而行,是徒步世间的通行证
庙堂、江湖同时需要这份内心的柔软

在隐匿的疆域,密语和闪电从来不曾虚幻
韧性,自有力量

这场关于"孝心娘娘"的行为艺术
看似寡淡,却早已深入骨髓

浙东运河短诗两首

孙昌建

◎我就是一千前的那个诗人

船可以靠岸的叫码头
靠不了岸的就是乡愁

靠不了岸的只能四处飘零
直到有人在河上走出一条纤道

能一起喝酒的是朋友
有一种颜色很深的叫黄酒

不能在一起喝酒那就写诗吧
到高山上去写，到月亮上去写

有一天月亮沉到河里去了
那个诗人也就去捞月亮了

我就是一千年前的那个诗人
我一直住在月亮上，也住在水里

我睡了一觉醒来，一千年过去了
我回到乡里，听不懂他们在说些什么

◎古纤道

独自一人走，还回眸一笑
正对着逆光的斜阳
我两只手比出 V 的手势
以求今晚剧情的反转
我可以一直沿着纤道而走
半夜，吱嘎一声
船橹撑开了河岸上的家门

但我在往回走时忘了台词
就像忘了一句接头暗号
我看了看流水
总是无波无澜
好像石板上烙出的波纹
就像谁唱出一声乡音的号子
那是梦中醒来的魂灵出窍

新塘诗歌三首

沈秋伟

◎与知章大兄书

惭愧！我定居萧山那么些年
也没来向您讨教唐诗的秘诀
今天终于鼓起勇气
拎几壶梅雨酵酿过的时光
到新塘会一会您这位饮中仙翁
一起吃些乱如滑丝般的江南莼菜
作为刚踏上诗路的异乡人
我只能借半生不熟的永州口音
与您对饮一杯半烈不烈的万古愁

您理着月光一样银灰色的胡须
跟我细述您梦中的盛唐
故事里有抽不尽的绿丝绦
唐风软绵绵，吹开了
数不尽的桃花红、李花白
也吹开了贵妃的叹息、长安的喧嚣

还乡之后您人事消磨、鬓毛已衰
是好是坏，再听不到长安消息
好在还有御赐的金龟与您做伴

偶尔陪您温习几句长安官话
而今天,它一边静听我们对话
一边看河塘里摇曳着的一芰一荷
像煞我与您醉后的水中倒影
在历史的风中一醉一回颠

◎笭婆桥

贺知章挑担前行
前笭担母
担的是人间孝义
因为孝义高于仕途和庙堂
高于一切知识与才情构成的坐标
后笭担书
因为虽身为乞僧
他胸中却装着万丈长虹
那长虹一头连着故土
另一头连着遥远的长安
他是个低调隐忍的人
尽量压低长虹的高度
硬是把长虹降低成笭婆桥的模样

◎唐诗之路与微信群

我曾跟随李太白游浙东
看谢公宿处,观绿水荡漾
也曾追星杜子美如痴如狂

试鉴湖温凉,羡剡溪秀异
当然也陪孟襄阳畅游过渔浦潭
等美人晏起,听惊猿晨鸣
可我是第一次到浙东运河的起点
与贺季真共吟采莲曲
人生本嵯峨,诗中自风流
那时要是有微信该多好
唐诗之路的群里该有多热闹

浙东唐诗之路的起句在萧山
那时,季真他的狂草劲道蓬勃
薄收的诗歌质量也很高
寥寥几笔,一生辉煌
这一笔挥向东海
那一笔舞到天台山
引来四百多位诗坛大腕
逶迤东去,乘风破浪
诗意汇成的大观多么澎湃

今天又有了百来位俊男美女
以诗的名义聚于新塘
微信群里热闹非凡
英姿风发,众荷喧哗
唯有我笔下无力,自惭形秽
只能静静地潜伏于诗句的背后
听各位纷纷高论,雨落新塘
嘀嘀嗒嗒

记李白过浙东运河

董绍林

你吟别天姥群峰的云海
再挥手赤城的万壑深涧
赭色的崖壁上冥然打坐
夕阳映出你苍松的样子

你脑海回放会稽郡渡河的那一段
避开钱塘江轰然而至的潮头
于河网之上寻到风平浪静的闲适
桃红正点缀江南烟雨的白墙黑瓦

古纤道的石板青光闪烁
像旧纸堆里透出的油灯
照见你字里行间的踪影
还有留白处无以名状的心绪

把诗撒进河道,请鱼虾品尝
把歌唱给鸟听,再传到四方
把心摊给阳光,忘却一路的冷雨
再把爱,送给河边那倚栏的姑娘

繁花落寞,尽归尘埃
运河会惦记你曾经的足迹

还有酒酣耳热之际
留下的一行行涌泪的诗句

萧山古运河组章

冰　水

◎过箩婆桥忆知章

是那个"前箩担母，后箩担书"的少年
用他收藏的阳光
架起一座桥？

一千三百年了
与一首诗的境遇是一座公园，一个寺院和
一个人的身体：四明狂客贺知章
如何从大唐的心脏里掏取
无瑕的恩典？那吴中四士的天空
饮中八仙的河流，仙踪十友的山脉
依然在记忆中，不会消亡，分娩着
旷达不羁的身影

今天，我走过箩婆桥，怀揣花冠
不敢大声喧哗，不敢踩疼桥石板——
我不清谈风流
但可见"镜水无风也自波"
正午的阳光照着箩婆寺，院墙
撒满金光。这些光有着惊天而起的诗行
如"桃花红兮李花白"，如染红的种子

· 17 ·

如那首
被风翻起的《咏柳》

◎洗　沙

沙里淘金,金属里摘取刀的声音
新路碾过荆棘。感受白天到黄昏的距离——
一个人爱上读书,一个人喜欢行走
但这是空闲的时刻

谁能听见泥土的呼吸?
古运河边的淘沙器具,是一条
传送带和一个搅拌器:从堆积的淤泥里
分离、传送、筛选,它们金黄
有金黄的性格

穿过沙土场去看古纤道,看大唐运河
看沙子堆积成一座座土丘
无休止的螺旋,翻动着泥浆
土丘变得刚毅有序

那些滚落的沙子与水别离
它们圆润,进入另一种井然——
更多空荡时刻,叠加起来
直到刀的声音落回金属

◎萧山文昌桥

文昌桥又名万缘桥
李白、杜甫和白居易过桥时石狮亮起眉眼
或者还有曾经偶过的先知在风景中
设置了让后人攀爬的灯烛

青草蔓蔓、水流湍湍，古桥愈加纯朴
惊飞的白鹭不在乎它失去的光华
每一个过桥人心怀惊喜：天空古老而又新鲜
深长的日子总会出现
不可言传之物

◎古纤道

青石板在河水中蜿蜒，如舞动于
运河的铁链。石碑挂满盐渍
每一粒盐都出现在古运河的书页上。一千年前
人们行舟背纤，躲避风浪，在江南水乡
它比乌篷船和社戏承载更多的往事

——背负王朝的喧哗与骚动
纤夫拉紧的是被风吹散的声音
那发生过的一切，
是否会在水中熠熠发光？
记忆无法企及之处，总有结束而又

重新开始的事物。

而今河堤上布满夹竹桃和薄荷香
不管纤夫、漕运，还是达官贵人
都成为通向古代的大道
短堤和拱桥长眠在自己的梦中
河滩外楼宇密布、白鹤成群
云朵悬于安宁的庭院之上

萧然山之东（外三首）
——记浙东运河采风

周小波

勾践兵败，在萧然山上
隐忍地叹了一口气
起风了，风起了
渡鸦站在更高的风口
灰色的回声穿云破雾
君王舔舐着苦，抬头时内心有着凤凰的骄傲
美人计、离间计……
打过了钱塘江，灭了吴
铸就了最后的赢家
留在这块土地上的越人，自此铮铮铁骨

旧事已被时间提走，还是这块土地
城市新鲜的屁股太大
把村庄都坐成了街道的模样
风刮不起百里妖娆的稻浪
古运河也浮不起丰收的想象
木船上了岸，如扣着的旧战盔
运河也似一把遗落的越王剑，却依然锋利
走在贯穿古今的运河边
有湿淋淋的感慨
盛大的宴会消亡在了眼里

只留下一地诗的骨头
和捡骨头的诗人们

◎箩婆桥
—— 游唐人贺知章故乡

挑担僧一箩担着母亲一箩担着书
乡音还是那个乡音
落地硬气地碎成十八瓣
故乡啊,该理直气壮地对你好
走过箩婆桥时,对你更好

一条贵妃般丰腴的唐诗之鱼游过了宋朝
就渐渐变成了鱼骨
游啊游,游到现在变成了一座桥
箩婆桥一座孤独的个体
一条鱼的骨骼停留在了那里
变成了一座桥

唐诗侧身停留,如黄墙上的白蝴蝶
翩跹着翅膀,山穷水尽时也会送你千里
这个酒仙喝出了名堂,诗圣称:
"知章骑马似乘船,眼花落井水底眠。"
天哪! 这是什么画风啊?
多么美好,脑洞大开的调侃
有诗有酒有朋友,难道还不够吗?

◎古纤道

这是一段高铁般的辉煌
延续了千余年
在水皱起的皮肤上
一条龙的脊梁从高楼下穿过
湖水折叠了它的路
托起了世间的重
和力的延伸

挂一壶酒，光裸的脊梁就有了弓身的方向
点燃耳朵的号声
汗珠穿凿石头
等身的辛劳造就了好骨骼
和八丈的豪迈

倘若有女纤夫，那会更美妙
穿红肚兜
丰乳肥臀
就像挂在前面的肉骨头
能听见男性荷尔蒙咆哮的声音
"追上那根骨头就算你过年……"
梦里戏谑道：呸……

古纤道，印象中的一幅图
身体与水面的角度像绷紧的弓

跪下，才是对力的膜拜
水是最柔软的
它却捧住了骄阳，托住了重量
女人也是最柔软的
像网，兜住了男人一生的江湖

◎文昌桥

转身时露出的锁骨
古老的消瘦，让人文发挥到极致
文昌桥让历史无比骨感

桥洞下月牙般的笑的影子
和阳光细碎的白牙，咀嚼着新鲜的时光
驾小船的渔夫推着螺蛳
那个提着竹篮的女孩水灵灵从桥上走过
竹篮装着莲蓬和嫩藕
高跟鞋踏出了木鱼的节奏
让人觉得，和平和喜悦即是人间的佛

理直气壮的高楼霸占了视线
切割了阳光
柳树被风梳成唐朝的发型
"一骑红尘妃子笑，无人知是荔枝来……"
对宇宙来说我们的脚步和古人重合
口口相传的叫作历史
它呼吸着远古的空气

唐诗保鲜的王道,就是
那些性感的词语在灵魂上跳舞

新塘，为半个中国御寒（组诗）

黄晓华

◎新塘羽绒

鸡毛掸子之轻和两百年时间之重
都曾经被这一片羽绒串起
串街走巷的吆喝
点亮过三更灯火五更鸡鸣

当现代科技把干净这个词语
交给吸尘器解读，我在乡贤馆
看见了鸡毛掸子华丽转身
这些羽绒脱离尘埃
走进衣服、床垫和被子
以新塘的名义
为半个中国御寒
北天鹅、迪欧达、维美
这些品牌漂洋过海
向世界传递萧山的名片

这片羽绒里诞出新郡里家园
诞出知章公园的四季
在乡贤馆，我关注这件羽绒服

它让我的心柔软、温暖
就像新塘让冬季更温暖、柔软一样

◎在浙东运河古纤道

也许是巧合,也许是必然
去古纤道要路过一片工地
新旧交替的泥泞上横着一架竹梯
浙东运河在梯子那头流来

我踩着竹梯进入晋代
进入青石板,进入李白、王维
伫留过的河埠,进入
袁雪芬、范瑞娟飘过河面的唱段

如果西湖是杭州的代名词
湖上的每一只鸟都在萧山起飞
如果运河是桥梁的接生婆
河上的每一条船都是她助产的婴儿

现在河水缓缓、夕阳荡荡
古纤道从回澜桥迈出
像一个沉默的人,往事如纤夫的汗与泪
太多太重,不知该怎样从轻处说

只见铝质机器船捷速划过河面
翻出沉淀的浪花又快又轻

◎走过箩婆桥

从贺担僧家门前走过
走过箩婆桥,再走回来
担母传经的雕像
把我的目光雕在桥栏上

栏外箩婆寺像一个高人
又像一个隐士
楼群在阳光里高举
延续千年的香火

从唐朝走来,箩婆桥
见多识广,但从没遇见过这么多诗人
从水面上走过
在波光里合影

诗意散落在箩婆河中
像朵朵出水荷花

◎在知章公园

在知章公园,贺知章乡音未改
他倾听戏曲在花叶间裁剪
退休的衣裙,为夏天编唱词
一只鸟在石头上听得痴迷

任镜头变换角度拍摄，不飞不动

在新塘采风，与唐诗擦肩
风从贺知章的笔管里溢出
被羽绒衣收藏
风在龙舟两弦翻卷
为曹娥娘娘踏波

我爱着这个早晨
想象自己是湘湖岸边的一株苇草
像睫毛，在萧山的眼波里
被鸟鸣声打湿

萧山的运河（外三首）
天　界

仍然保持沧桑并略带颓废的旧贵族
终将要离场——

这让人兴奋,甚至悲伤
不用多久,高楼林立的气象
逐渐取代河岸的荒芜
那条古老纤道,是否还通向记忆

那只盘桓的乌鸦
肯定去了另一个地方
而河水反复掩盖住它的行踪

应该还有别的
比如石碑、枯败的芦苇
或许还有始终不愿意被提及的事物

◎知章公园

一个文人死了,却留下一个偌大公园
多么风光。这很厉害

如果不是任礼部侍郎
不是任秘书监、太子宾客

如果不是后人选题
不是为了打扫空白，留点墨迹

而确实，厉害的是这个老头，
值得死后以他的名义拥有一大片临湖的高端地盘

相对于这些，我更喜欢他的另一个身份——
醉八仙。诗道、旷达又霸气

◎萧山箩婆寺

寺庙始建于唐代
应该对的。但是否是贺知章小时古居
就说不准了

至于"箩筐担母"
传经、传道、传孝经等，宁信其有
而不可信其无

这是伟大的品质
必须始终信仰并且毫不犹豫告诉世人
甚至子孙后代

有了箩婆寺，就有了香火

然后,就有了箩婆桥
更重要的是有了某种连在一起的东西

◎从萧山朱氏宗祠想到的一些事

朱熹有朱凤标这个后代
他肯定没有想到
尽管世事难料,他的谨慎和智慧
子孙应该也不会差
由此有个能庇荫后代的老祖
挺不错的。可以建家谱
立宗祠。形成一个庞大体系
偶尔招摇世人
然而世事确实难料啊
既然过去的难以说得清
只要有这个能耐
那就来新的。新的多好
你说了就算。从此拉回亡灵
延续香火。但问题是
朱熹有老祖吗? 当然有
一个儒学世家出来的后辈
估计也可在圈子里半横着走
但问题是,你有老祖吗
但问题是,你可以成为老祖否

越绝书三首

涂国文

◎浙东运河

浙东运河是有个性的。它拂逆帝国的意志
拒绝南北贯通的邀宠
坚守水流的本性
自西向东,一路浩荡

它不流向北方的宫阙,只流向海鸥的故乡
它用一柄月光的长剑
将自北而南汩汩流淌的夜色
削成一截截呜咽的箫管

它将沿途的涛声,扭结成一座座碶闸和堰坝
桥梁的身价每抬高一丈
它的身躯就俯下一尺
为了游入大海,它不惜向着低处一路俯冲

甚至,它只专注于航运、灌溉和水驿
而慵懒于漕运,慵懒于迎接帝王南巡的画舫
一只白鹭,收纳了它头上的白云
血管里的银色浪花,和骨子里的自由

白玉长堤上,纤夫们隆起古铜色的背脊
躬身在一抹夕照中
拖曳着齿轮交合的日轮与月轮在行走
两边潋滟的波光,像蝴蝶扑扇着的双翅

◎新塘彩龙舟

新塘彩龙舟,也有着一副浙东人的拗脾气
它祭的不是忠君的屈原
祭的是民间的孝女曹娥
——东汉一个寻父投江的十四岁少女

朝堂与民间,自古冰火两重天
士大夫与平民百姓的天不同
士大夫以君主为天
平民百姓的天,是父母高堂

受命于天的龙,盘踞在帝都的金銮宝座上
掌握着对万物生杀予夺的权力
而游动在江湖的龙
摇头摆尾,与百姓嬉逐于银色的浪花里

新塘彩龙舟,将忠君从词典中抠出
留下菖蒲、艾草和爱国主义
避开五月初五这个日子,在五月廿二
亮出孝义的彩色旌旗

作为中华龙舟文化的增补本,新塘彩龙舟
以金、银、青、黄四大鲜明条目
生动诠释了一种千年不变的
民间情感和信仰

◎知章公园

故乡人对你的纪念和自豪,长成一座知章公园
你从雕像中现身,用一千三百年前的萧山方言
向我们讲述你的越州、你的功名
你的盛唐、你的长安

当年的你,从浙东运河出发,像一株紫藤萝
越过长江与黄河,向着西北不断爬伸
你将江南的须蔓和萧山人的才气
挂上帝都的宫阙,形成一道壮观的紫藤萝瀑布

唐朝也是一座公园——诗歌公园,在这座
移植的江南园林中,并峙着李白杜甫两座高峰
流淌着两千多条诗歌的河流
遍植着近五万种奇花异木

作为唐诗公园的设计者和园丁之一
你异常敬业,以美酒殷勤浇灌友谊的花朵
你在李白的诗篇上,敲下一枚"谪仙"的印章
为年轻的他,亲自颁发诗坛通行证

你告老还乡时,整个长安都来为你送行
你去时为儒,归来为道
鉴湖的风揪住你花白的胡子
它从你的乡音里,认出了你这个年迈的游子

浙东运河三章

陆　岸

◎古运河

提起人造的河流
必然是汗水
必然是眼泪
必然是奔涌的血脉
在东方，汗水和泪水尤其如此
源远流长和无比阔大
那必然是漕运的船只和两岸的人烟
运河之上，人间稠密而繁忙
这时再提起东晋的缘起
唐宋的开凿与兴盛
这些偾张的脉管到当代已然平静

就像今天步行在运河边
就着历史的掌故和云彩的倒影
我握着你的手
看那些蜿蜒之水
抚平了那么多新塘旧事

◎古石桥

江南的一些古镇,总是
风轻云淡、水网纵横
有那么多熟门熟路
用陌生的石头砌成
有那么多的河流总要东西横亘
麻雀轻轻飞过
鸭鹅慢慢游过
那么多古石桥
把断断续续的人间摆渡

在浙东的一个下午
当我走在新塘的箩婆桥上
仿佛我的外婆
她用佝偻的背
把我一步步稳稳驮过

◎古纤道

这个新塘的黄昏是浙东的
一个不普通的黄昏
那是因为我走在一条古纤道上
四百年的历史
两侧河道的淤泥
以及那些厚重的石块

在中流神奇堆积

当我走在古纤道上
古运河忽然汹涌澎湃
仿佛一条条大船，吃水线很深
而无数纤夫串联
一起拉着一个王朝的落日
正弯腰曲背，"吭哟吭哟"
迎面走来

新塘三题

朱桂明

◎浙东运河,你在月色里活着

这一晚
越州大声吟诵大梦谁先觉
浙东运河浪花岁月滚滚远去

箩婆桥上
石狮和青石板仰头望月
疾风从桥洞穿过
浩瀚和盛大从长袍中鼓荡出来

码头和分水墩是真实的
解开三千青丝的那个狂客
一手捧着月色,一手举杯高歌
是真实的

那些船和船夫,去了哪里
古纤道,袒胸露乳
我依依不舍
一步一回首
那个姑娘
一步一回首

总有一些事物，不断重生
就像落叶
在草木间，复活
新塘人可以担起日月的脊梁
在文昌桥第一道晨曦里复活

运河风骨呵峥嵘伟岸
在心里滔滔不绝

◎朱凤标故居

一座大宅
在水畔扶摇成鲲鹏羽翼

一盏盏灯笼
随夜色一一跌入水里
那些来访者为何俯身低首
时光呵
荣耀和巍峨
都只有空空的中堂

谁能将所有丢失的填满
桥不说话，旗杆石不说话
古村落
有人用船桨
拍打晨光

允许那支野草长成莲花吧
绳其祖武匾额是孤独的

那不是你归乡的魂魄
血液
已经在水里流淌

◎**触摸新塘的心跳**

青铜车马蹄响亮
掀开帷幕
鼓声里语词进入
春秋和隋唐

每一记鼓点都重重落在心上
整片整片稻穗等待脱粒
男人们抱着丰满的它们
就像抱着女人

潮水翻涌听见太白和知章唤我
河水滚滚东去呵
红尘一去不回沧桑一去不回
乡愁却在潮汐里
不断回头

我有飞天之羽

可以越过三千里云月
落在贺知章公园那座铜像
肩上

大运河之恋（外三首）

金晓明

如果一定要给它下个定义

那它就是一首动人的诗

从遥远的春秋时代破土而来

在晋风唐韵里蹁跹迂回过

灿烂过，悲凄过，至今仍深情满怀

在这片火热的土地上欢歌

它其实是一江逝水去而不返

却总让人时常惦念，爱恋深沉

无论身在何方，总能想起

你执着伸展的身影，远涉重山

时而低吟，时而畅想，时而奔腾

多数时光，人们在逆流中奋进

在安逸平静中享受美好

闲暇时撷取一朵朵细小浪花

赋予诗歌的因子

在一段曾经辉煌的章节里，放飞自我

而这条古老的河流就是引子

它从北向南，又从南向北

相互交融，蓬勃发展

我深爱着的，不仅是它千年的历程

还有水流浸润过的每一寸土地

◎诗韵新塘

在这片土地上,钢筋水泥的丛林

疯狂地滋长,道路不停延伸

古老的河流一次又一次改变方向

埠头荒凉,古纤道上杂草丛生

背纤人最终拒绝了流浪

融入城市的发展与变迁中

唯有汗珠涤濯的青石板

在嘈杂纷繁中怀念着过往

那些手持斧头、铁锹与镰刀的人们

追赶着光电与火焰的碰撞

淬火为字,炼字为句

他们是一群邂逅新塘的现代人

这些铿锵字句与旧日荣光

一起被编织。落下来

成为一段值得颂扬的历史

岁月是一条奔腾不息的河流

它无法用几首诗去概述

却能让所有历史片段聚拢来

在水流经过的地方,熠熠生辉

◎文昌桥

从文昌桥走过来时

还在不解,一座桥为何如此离奇

走过后才明白,想要到达彼岸

真是件不容易的事

几经波折、坎坷与迷茫

一段艰险陡峭,几度迂回曲折

像极了一个人的一生

要经历一些无法预料的人和事

潮起潮落,得失成败

这是一座人生必须经历的桥

它横跨在每个人内心深处

走过的人便无限风光、前程似锦

◎ **箩婆桥**

箩婆,是一名老妪的称呼

她是诗人贺知章的母亲

也是一座寺庙与一座桥的名字

箩婆桥这头是知章公园

另一头,是黄墙黛瓦的箩婆寺

母子俩曾相依为命、共担风雨

除了为后人留下这些风景

与充满传奇色彩的故事

还有不计其数,似流水般生辉的诗句

古运河从庙宇与公园间穿过

相隔只一座桥的距离

却是诗人一份永远割舍不了的真情

浙东运河

盛醉墨

君住运河北,我住运河南
日日思君不见君,共饮运河水——题记

一句逐水而居,光阴
回溯了几千年
先人们囿于山河大地的困顿
寻找滋养生命的食物
滋润饥渴的口腹

游弋于大自然造就的
山川河流之中繁衍生息
遐想从探寻河的源头与尽头开始
一个族群与另一个族群的交汇或者搏杀

干涸的河床,暴涨的洪水
一次次警示天地人的生活轨迹
无从知晓掘下的第一铲
是因为祭祀、灌溉,还是疏浚肆虐的浊浪

江南的富庶,源于水
水流入驯服的河道,满足
另一端贪婪的欲望

南北是一个定论
千帆过尽之后的叹息，年复一年

依河而居的人们建成了
一座一座的城，许多湮没在
城市之下的城，所有的轨迹绕不开一条河
独木舟与机帆船
使命与梦想的纠结一直未曾改变

惊叹于新塘的繁华，惊叹
古人命名一个地域的智慧
龙舟竞渡的鼓声
引发一场新的天问
把每一个关于时代的寻问
都交给桥下的流水
流走晨光夕照下两岸的层楼

触摸石桥的栏杆
触摸古纤道的条石
那一日烟雨中凭栏的人
目送纤夫们一步一步地离去
帆影隐入水光浮云
我们走过，我们驻足
我们猜想桥的名字和故事
试图复活一段传说

迷恋唐诗之路的牵连，堆砌

唐诗三百首里的作者
水给了另一道灵光乍现的理由
舟行千里,岸上故人执酒相迎
总有几首流传千年的诗留于此
镌于此,诵于此

萧山绍兴余姚宁波
当人们争论一个水闸的归属
争论水的流向的时候
水一秒也不曾停歇奔赴大海的脚步
注入我的怀抱或者抽离我的支流
一切交给季节的需要

想起童年的河,交汇
运河和姚江的门前大河
生于斯长于斯,每一口
明矾沉淀之后的水
每一条载来果蔬米面的小船
嬉戏在河水中,挂上
西瓜船沿的漂流
绕过乌篷船的小桨
岁月在河水里静静地流逝

与河的那一端的人
同席而坐举杯畅饮
从未相见却一见如故
抛开那些诗人的标签

我们山水相连
一条河足以诠释所有的生命密码

浙东，运河。君君臣臣父父子子
与耕种读书贩夫走卒共栖之地
远行至再远的地方也忘记不了的生命之河
刀光剑影的年代沉入水底
筑城，筑城。我们临水而居
世世代代。不离不弃

黑法师（外七首）
陈统魁

笤婆寺的墙角，一排排
多肉，长出烟火味
与一朵莲花对上眼，一步三回头
不经意间，折回

返身与折回，她原地不动
萧绍抛出的隐喻
湿润一枚枚缺口，与她
对视，人间很静

从内到外，灭也灭不掉
自下而上的勇气
足音回响，此夜寂寥

◎笤婆寺

笤婆寺上空的祥和事物
被一炷香喊醒，炊烟

比香火更接近神邸
那些虔诚的人们，借用图腾

放生祈福,锣鼓声声
追问每一声返回的沉默

贺担僧叠起自己的初心
一担时间,挑起一个母亲

另一个母亲解下围裙,跪下
是另一种高度

◎萧绍古运河

出回澜桥便是新塘
岸边的古纤道深入远方
低头行走,水里都有六月太阳
只有汗水能灌溉,希望
走向一次次深港

逐水而居,星辰布满手掌
是田野举起的火把
一条官河,一个个驿站
衔着王朝的封诰

悠长的青石板,欲望
使人变轻,时代的重量
如铅,过塘行
从西兴出发远航

到绍兴到剡溪,白皙流水
从脚丫滑过
多少东晋的涌浪
河水来不及换掉内衣

我掏出农具
动用整条河流来滋养

◎纤　夫

一行人骑着马,跟随
贺知章的画舫,悠悠石板
落满鸟声,萧绍老家
醉酒的鬓发,比白居易还白

宋、元吟诵的运河
由刘基沿着石板
拉着诗词血脉的纤
马达快过平仄,不用细敲

一片烟云与箫音生出烟火
在旧郡城楼,平仄踩着隐喻
看透运河,深入太平洋

纤道上吆喝着的辛苦,从前朝
赶来,历数这水营养

◎水处理

一排排机器,水抽动水
土回归土,此刻刀剑入库

砖块像一把牢固的盾
替我们看守烟火

我割让我的尊严,割让
我的领土,用我的水

想知道菩萨的痛苦
和人家的痛苦是不是一个味

机器芸芸,停下的一刻
一切复归平静,归根复命

◎笭婆桥

笭筐被加冕,拥运河为
最深远的王,内心
包含天大的宽容
智者,从何处来?

河水活出自己
只认识杏花村、牧童

没认出来贺担僧
二月的剪刀

剪不断鬓毛白
在水边淘洗思想

喜欢在低处
那样更容易遇见自己

◎安居房

当灯火深入，我更倾向夜
平静地归隐于脱落谷子的
稻草，堆起高高的草蓬
蒲公英似的伞形底下

种子或是粮食，一粒粒
放牧在湛蓝的篮里
展望，泊在发展速度里
修辞一浪高过一浪

那么多文人骚客在画舫
只是为赞美这新南郡
前代的州府之地
拔地而起的安置房

新南郡在州府尽头

儒学在仓廪中散发优雅

◎不嫁井头王

一条河能把什么送走
又能留下什么
寺里与二三莲花对语
叶绿花艳，不经意推开

寺门，鱼尾巴上的红纸
有人用骨头把铁擦亮
啪啪的捶打声，从根部赶出
掸子蝶变为羽绒

有女不嫁井头王
停歇在上上世纪的歇后语
嵌入生活的皱褶中
星火燎原

嫁过去的女孩
是一尊井头王的菩萨

浙东运河之诗（组诗）

伊 甸

◎运河与外婆

1
运河越来越浑浊
就像我的人生越来越浑浊

外婆在的时候
运河是清澈的
我的童年我的少年是清澈的

是外婆清澈的目光
让运河和我比赛着谁更清澈

外婆在天上了
她布置的蓝天是清澈的
她撒下的阳光是清澈的

越来越浑浊的运河
越来越浑浊的我

我用什么把自己洗得干干净净？

2
看见运河如此苍老
我就想哭
就像当年看见外婆突然苍老
我就想哭

假如我哭,运河会悲伤
它就更加苍老
假如我哭,外婆会不会突然出现
用一片白云为我擦去泪水?

我要笑一笑。我要对着运河
笑一笑,我要对着外婆
笑一笑——外婆早已变成了河神
我对着运河笑,就是对着外婆笑

◎运河与诗人

运河说:我是一首诗
一首关于死亡和复活的诗
一首灼热或者冰冷的诗
我身上流淌着所有的标点符号
所有的汉语,所有的疼痛、迷茫
记忆、遗忘、怜悯……

诗人说:我是一条运河
我被命运挖掘,我在世界的低处

搜集流亡的灵魂,以及
石头和虫子的秘密
我被泪水和血液拯救,被怀疑和虔诚
拯救。沉默是对自己的背叛

运河与诗人在时间的浓雾中
彼此久久凝视。他们看见了
对方的血管、肝胆、大脑沟回……
他们从对方身体里汲取
高贵和纯粹的部分
他们加快脚步,一起去追赶太阳

◎运河与纤夫

这艘船,他们越拉越重
这艘装着苦难的船
这艘装着炎热和寒冷的船
这艘装着陨石和墓碑的船
这艘装着泥菩萨和梦幻的船
这艘装满爱和恨、希望和绝望的船

他们的头快要垂到尘土里
他们的腰被命运压得快要断裂
他们赤着脚,用脚板一条条新的伤痕
去抚摸道路遍身的旧伤痕

他们拉着自己的命运,也拉着

父母、妻子和儿女的命运
他们累得说不出话来
他们喘着粗气,听起来
像运河喘着粗气,像大地

喘着粗气

泾渭里的四明水（外二首）

金问渔

"二月春风似剪刀"
剪不断浙东运河潺潺流水
更剪不断乡愁
"万条垂下绿丝绦"
条条都是故乡的阡陌

一个浙东运河的少年
在某年春天出发
略向西，再往北
跨过了钱塘江
此后的行程便扑朔迷离
走大运河水路，抑或
陆上官道，我们暂且不知
总之，他到了长安
在彼时最繁华的皇城
尽享功名利禄

乙未科状元价几何
光禄大夫又怎的
他仍是浙东运河这条
长长裤腰带拴着的
孩子，多年后他说

"少小离家老大回

乡音无改鬓毛衰"

无改的,岂止是乡音

还有四明流水般的不羁

一滴浙东运河的水

在泾河在渭河

诗意了遍植垂柳的堤岸

那滴水,那少年

名唤贺知章

◎碶　闸

流水也有坎坷

来自宗亲和近邻

这接力的河道

或横亘的水系

是一条条错落的积木

此去低两尺,续航高半丈

遇阻的船只

必须借碶闸前行

我见过船过碶闸的壮观

更惊叹闸工隆起的肌肉

吃重的船身犹如倔牛

终敌不过绳索绞钩
和几个赤身汉子

船身缓缓爬上闸口
船身缓缓下滑又突然加速
如鲤鱼一跃
整艘船的力量
压起几丈的水花
和仰天咆哮

如今，很少见到碶闸了
船过早春，船过深秋
再捎不上奋身击水的酣畅
碶闸老了，悄悄躲开了
它们隐身于一册册水运史
但浙东运河的水
依然年轻，依然流着

◎纤　道

浙东运河的肩膀上
有道隆起的结痂
汗水浸润的伤口
结了又破，破了又结
曾经相依流水不弃不离
如今只遗短短的几截

感谢上苍,让我们失去了它

脚板与石板的角力
绵延了无数皇朝
南宋宫殿的遗址里
或许还休眠着偷渡的草籽
自甬江,绕出四明,达西兴
石板被磨薄、踩碎、更换
它们依然得面对,前赴后继的脚丫

而今,岸上还飘忽着昔日的跫音
悠长的纤夫号子
仍在水面回荡
一块石板所记载的苦难
萋萋芳草岂能掩盖

萧山两景

石 人

◎莫家港古纤道

夕阳闪动着碎片的锋口,身体大幅度前屈
被一条纤绳深深吃紧,脊背和手臂滴下古铜的熔液
再点焊每块青石,延伸至繁华落尽的荒芜处
静默的官河淤结着无法清理的黑色高脂

我来回走动,就像雨季开始修筑抵御的围墙
再也不能让逆行的某一天突破而去
只有自己才能看到河面像明镜一样顺服万物的容颜
让沿岸村庄迁徙的人群一次次地变换口音

千百年了,从远处而来,向远处而去
直至完全消失,没有人知道他们经过的时间
是否会比一片夕光的存在更长久。而我又怎么敢于
在诗词滋养的悠闲中去揭开它的层层厚痂

这仅有的物证,残骸一样存在,却有那么多人
还从这里乘舟欲行,还想重新看到逝去的风景
让灵魂轻飘得就像可以被风带走的浪。而他们
就在我离开的岸上踏歌而行。没有人可以找回自己

水中的影子,直到今天还在四处漂泊,甚至沉迷
在夕阳绚丽的想象中,怜悯地说:这些
淤泥堆积的仕途,从来都是押赴和流放的开始
每踏过一块石板的旧伤就被汇集成诗意传说

莫家港,我所知道的这个名字,它的历史还有时间
重新修撰么? 像这一条纤道突然的断截
那些离散的石头在我无法确定的位置唱响
嘶哑的号子,攥住黄昏降临之前的无形的纤绳

◎新塘文昌桥

因被冷落而厌倦,退守闹市附近那拱起的背脊
如同缺了良药的病状向未知的两端撑开
阶梯的手臂,试图驱赶我远离尘嚣
与众绅掷出银币的抛物线,形成对等的距离

从任何角度看去,长满荆棘的骨架
都有两只吞咽时间的空口,在午后的斜阳下
恍惚的倒影让我产生幻听,像冷暴力
静止的河水突然激起倒塌的狂浪。使人相信

那些虚假的受苦如何随着一座楼阁的焚毁
在废墟之上成为真实。爬出灰色的蜥蜴
撕开绿荫的疤痕继续向上爬,至年龄的最高处
重新看清自己,并未发现经历过什么意外

水闸和桥的完美结合体呈现在这里。开启闭合
分洪,阻挡潮水和流沙。而我从未认识到
妄想承受没有防备的冲击是多么可笑。同行者
匆匆离去。在远处有无数的眼睛逡巡我

萧山浙东运河印象

宋可可

1

今天一帮诗人来看你
贺知章被反复猜想。不知
他们会不会把泛滥的雨水和闷热写进河流

2

淤泥沉淀在你的腹部
病灶藏在水里
诗人的笔也许没那么快活

3

余露说,她家乡的江河都发水了
而你没有
你在城市的肥胖中逐渐瘦去
你是河流中的隐士

4

你啊,就要被周边的楼房遮住
淡淡的野花爱恋着你
那条印有老父亲脚印的纤道保护你
让你保住颜面

5

一场关于你的讨论持续到晚上十点
冰水主持，俞梁波谈论了你
伊甸谈论了你，金问渔和石人谈论了你
你说，他们谁的话使你心痛

6

我问你最后一个问题吧
你到底想被诗人们写进诗里留下美名
还是有自己的梦想
清澈地流下去，与海汇合

运河穿过新塘（外二首）

何玉宝

一千七百年有多远？站在新塘的运河畔浮想旧时光
就是一把沉入水底的浪花

从西陵到郡城，会稽内史贺循
规划了一条运河

鉴湖水顺着河流，滋润了萧绍平原
也滋润了村庄和炊烟
让新塘，古往今来是鱼米之乡
物华之地

沿着古人的足迹，四百年后
唐朝的"四明狂客"，带着魏晋之风
在西陵乘舟，从运河归来

沿着古人的足迹，在古纤道上寻觅晋唐
埠头隐失于旧时光
村庄和炊烟，也隐失于旧时光
只有运河依然，穿过新塘
倒映着草木之野与成群的高楼

◎在榜眼家

源于一个人
我喜欢上一个姓氏

想起道光十二年,凤标在金銮宝殿
被皇帝点为榜眼,我就看到
朱氏宗祠前的旗杆又高了一截
从那时起,朱家坛
成了流芳百年的"榜眼故里"

我来
是因为他姓朱

一百八十八年后的夏天,天气依然炎热
我带着一身汗水,在榜眼家做客

大院寂静如初,在民宅的围合中
独自坚守着风雨历经的旧模样
只有一缸浮萍让我感慨、感同

这时候的解说词里
他是道光、咸丰、同治的三朝元老
还有,他从台门前的埠头上船赶考
穿过石拱桥,便再未归来

◎文昌桥忆古

杨柳与水是江南的语言
而运河,带着东晋的情诗
东去镜湖,西入钱塘

文昌桥造于道光十七年,又名盛文桥
也叫万缘桥。与运河相比
他仅仅是个英俊少年

在桥上,我们可以说说古人与往事
贺循带着会稽民众开河疏道
贺知章远去京都、告老归来
李白追随"狂客"酒风一路踏歌

当然,还有宋元和明清
打此路过的文人雅士和大家闺秀
大多忘记留下墨宝
只有小家碧玉嫁在桥边传承古风

站在桥头流连。与运河相比
他是少年;与我们相比
他是老人,斑驳的石板
为我们叙述着百年沧桑和一路风雨
那些流经此处的水
带着桥的故事悄悄淌进历史深处

新塘四首

潘月祥

◎听 雨

临窗而坐听着雨声
雨打在滑溜溜的青石板上
我听到的雨声
犹如街道文化中心码字的键声

长着青苔的文字
擦亮了我锈迹斑斑的眼眸
所有的雨声
从我的手上走开或者走来

我终将端坐起来
竖起纤道长长的耳朵
雨声离我非近非远
沉寂改变着我的看法

但似乎又很近
我看到近地正有渔火出现
来自运河岸堤也来自内心
渐渐地雨声被乡愁点燃

一朵火花的出现
雨声折叠成一页页诗歌
是昨天也是今天更是明天
一本新塘书的口水

◎老　街

小时候妈妈在运河边淘米
那吱吱的橹声和声声唤儿声
伴随着运河人家的生活

柴米油盐农耕渔作
吃着运河的水饭
渐渐有了出回澜桥的春秋

这就是新塘的过往
陈列在镇文化中心的历史
展示着运河老街的记忆

如今老街已成为新街
拔地而起的幢幢高楼
湮没了运河边埠头的青苔

所不同的是儿时的故事还在
如同纤道上滑溜溜的石板
讲出来都有别样的诗意

运河在心里在古老水市里
虽然已听不到吱吱的橹声
却听到了今日车水马龙的沸腾

◎运河人家

诗意就这样弥漫开来
沿着运河的橹声情感
走进新塘的高度
运河人家放下了千年尘迹

当泥土变成了金娃
运河抱着时代的变迁
把点点渔火与星星闪亮对接
一村村有了更多的想象

写进街道文化中心陈列的换糖担
看了也熟听了也熟
村与村之间户与户之间
连接着过往的运河埠头

仿佛就在心里一跳一跳的
把所有的动词组成了喜悦
带着运河与命运的相亲
不断拓宽延伸着小康的道路

◎静静的运河

我不再流连过往的繁荣和忙碌
我要歇歇脚,安静地处一会
把上千年的记忆悄悄收藏

我要安静地坐下来,坐成一种想象
想一想,我的前世和今生

其实,我早该退休了
地铁、高铁、高速公路、海空港的滚滚洪流
已成为我脉管里的新鲜血液

也许我活着,就是一个标本
我得转换角色,在新鲜的时光里
我又将闻鸡起舞
以最新的面貌,数说我的惊喜

我终然唤醒了我的梦想
我以我的热心肠,剥开古运河的衣襟
让丰乳的乳汁滋养我的身体

想象着一种新的生命的诞生
那悠远的橹声和彩华
不再是青石板上隔世的苔藓

这就是运河,静静的运河
走过了妈妈的淘米声
走过了无数商贾的吆喝声
走过了贺知章的读书声
走过了唐诗之路文人墨客的歌舞声
迎来细碎脚步的探寻声

运河，像一个无辜的存在（组诗）

吴警兵

◎新塘古运河

在城市这堆废墟
翻出老得掉渣的纤道

隋朝的石头，因码得整齐
而被我们刮目相看

纤道上的凿孔，像张着嘴
此时无声胜有声

上善若水，不经意间就被替换
眼见的不一定为实

只有没心没肺
才可以奔向更远的远方

坚守的秘密不可告人
就算再过五千年。逝者如斯

我们的身影越来越模糊
像纤石上的包浆

已分不清唐宋元明清
或它们的自以为是

◎文昌桥又名万缘桥

把土地拆开，古运河
像一个无辜的存在

为便捷而形成的两岸
充满不确定性

文昌桥，犹如事后诸葛
或者是戴罪立功之身

躬身于此，肩扛背驼
抑或一个小小补丁

弥补了强加于人的过错
就算日久生情，好了伤疤忘了疼

也不能轻言放弃，此岸与彼岸
唯有承诺不可辜负

时间从不曾改变，而风雨
描摹了不同的背景

世事如棋，有缘人却在桥上
走过来走过去——

◎知章公园

离开家乡，是一门必修课
老大不小了回不回来，也是门学问
有的人改了乡音，而有的

——此生都无法改变，就像
与生俱来的胎记
才是难以隐匿的基因图谱

笑问"客从何处来"
又要回到何处去？时间与你
开了个小小的玩笑

石雕像前，鱼贯而进出者
皆不理旧账，回过头来
鬓角已有白发生

熟悉的风景，不曾据为己有
我们在这里徘徊，或留下身影
也从不想证明什么

新塘钩沉(外二首)

俞弼文

知章先生没有想到
箩婆桥畔的香火
依旧生生不息

路边的一个驻足
棋琴书画演绎
现代的休闲之风

沧桑的文昌桥啊
孤独地守望
曾经的那首诗

那水、那桥、那庙
疲惫的安静中
孕育着发展的灵魂

青石桥板上的脚印
勾起运河的历史
泛起的浪花,唤作新塘

◎运河,醒了

萧然、会稽、余暨、永兴
八千年前的沃土沉睡着
新石器时代的文明
当奔竞不息的钱江潮
滚滚而来,运河它醒了
纤道,成为它的历史
纤夫的号子化为鸣响的汽笛
呼啸的高铁飞驰着
世代繁衍生息的土地醒了
泥腿子们,成为新南郡的主人
茅屋演绎为钢筋混凝土的森林
展示着勇立潮头的风采
运河里,那坛尘封已久的陈酿
欢呼雀跃,酒香洒满萧然大地
让我醉在,江南的韵味里……

◎在故乡,拾起记忆

穿鸡毛、抲年鱼、堆草蓬
一切,都是小时候的回忆
带着故乡泥土的芳香
在彩龙舟的锣鼓喧天声中
"孝女娘娘"曹娥诉说着真情
沧桑的箩婆桥箩婆寺

品味着贺知章的《回乡偶书》
斑驳的文昌桥,把历史翻开
目睹着新塘的变迁……
古朴的榜眼府,很安静
把朱家的传奇,引为佳话
这个夏天,我又来到了家乡
赤裸裸的身躯,淌着汗
拖着我沉重地呼吸
在运河边,纤行……

萧山新塘（外一首）

小　荒

1

来到新塘
就是告别旧生活的

人物活在运河上
可以成为桥，成为庙，成为公园

2

古纤道没有寓意
现在是历史古迹

古代时，它是一点一滴
从粗粝的手掌中渗出的血迹

3

如果说有传承
流水传下向东的宿命

垂柳传下低头与隐忍

新塘人传下斧头与抗争

4

有人当官，用三进三出的
四合院锁住了功与名

有人返乡，只为在死之前
再听一听那久违的乡音

5

帝国借由浙东运河
运送粮食、丝绸和威名

而对于百姓来说
它灌溉人心，滋养活下去的信念

6

所以，彩龙舟上的擂鼓
经常会捶打新塘人的筋骨

所以，运河成为历史古迹
而新塘人在不断创造奇迹

◎浙东运河
　　　——致　白

我把身体里的三吨水
献给你

我把仅剩的二分力气
献给你

我把喝醉的五两白酒
献给你

可是啊
那些泪水，含着太多的盐分

可是啊
那点力气，还不够我举起酒杯

可是啊
白酒下肚，我不再认识这个世界，何况你！

白啊白，天姥山我是去不了了
这运河的水，越来越窄，越来越浅

白啊白，这剩下的旅途
我只能躺着给你送行了

白啊白，让我们最后干一杯
然后你消失在前方，我葬在你身后

去新塘（外二首）

毛建新

东站与南站被一条直线串起
带头大哥姓 D 还是姓 K 无所谓
兔子的尾巴不宜用尺丈量
念想着如何走运
情愿等上那么几年
或许就等来一叶风帆
还是龙舟,浩浩荡荡
隋炀帝、乾隆帝,就不要出场了
我们只看看歌舞怎样升平

箩婆桥下摇出乌篷也是好的
可以安放躯体
可以撩拨诗兴
旧塘步入新塘花了那么多个世纪
乡音依旧未改
鬓毛无法再衰
桥上的箩婆脚步蹒跚
很多人已经等不及

◎浙东运河纤道

皇帝、大臣、商贾,抑或是诗歌

都是重负，还在肩头
勒进肉身，前行的历史
就用这短促的线条勾画
脚印陷落很深
晋隋之前已经湮没
唐宋元明清
谁来认领

水波已经不兴
载不动岸上的柳枝和情影
国家级的牌位没入荒草
纤道上的石板，裂缝
憋着一阵一阵吆喝
我们顺着纤绳指引，打捞出
锈迹斑斑的钱币
串起走运的护身符，价值
或许能兑换世界遗产的通行证

◎进出相府

从来没考过学校前三名
哪敢奢望榜眼及第
此生无望入阁拜相
不如去他们家当一回贵客

文曲星转世的朱凤标，府第
拴在运河的裤腰

乌篷船没来得及赶上
我们走街串巷，随后
一脚踏上袖珍的石拱桥
另一脚陷入大清帝国
墙上有马嗖嗖掠过
风铃驱使着云朵四处迁徙
天井下，我们局促不安
好似受了朝廷的裹挟
幸亏朱大人从墙壁走下
挡住了斜刺的阴风
"绳其祖武"下
我们面红耳赤

相府简陋，也无须装点
一个名字抵得过一万张金字招牌
吝啬并不影响相爷的声望
倒是从中走出的你我
带走了许多

赛龙舟（外三首）

叶大洪

这一截运河叫作景阳冈
山顶乌云滚动，藏着一百只吊睛白额猛虎
你抱着酒坛，跌跌撞撞上山
此时，六百多块肌肉，每一块都饱满，都锋芒毕露
胸大肌、背阔肌、三角肌、腹直肌，露出狰狞的笑
偶然一抬目光，射落几片羽毛

人们搬来整个夏天
硝烟起。取出军号、琵琶、羌笛，秦时明月
——江南水乡，一场大战越过所有朝代

岸边观战之人纷纷被鼓声摞倒

◎古纤道

高楼像一个巨大的不幸
汽车越过官河只用了一秒钟

那些姐妹
鸢尾花、美人蕉、睡莲、铜钱草、荷花
萍蓬、菖蒲、芦苇、小叶女贞、磨盘草
离开夜晚和星光

一部黑白片在古纤道上演
青石板抬头望了望游人

纤夫赤裸着身体，纤夫是国王
他们拉来唐朝。喊着鼖鼓、铙、钟、钲、铃、錞于、铎

打水花的人举起明晃晃的水
向着内心淤泥

◎**浙东运河**

萧山头顶上生长着一个太阳
这使得万物都有了方向，以及笑容

流水一道道缠着游客，讨论这季节
跳跃的不仅仅是方言
一个念头溅起一片火星

黄昏在你我之间沉浮，露出无辜的眼神
柳丝细长如恋人的梦，如唐朝抛给我们的媚眼
低头，看见自己披头散发的前世

而运河被飞机驮着，越飞越高
而月光被风吹倒
有人将它扶起

◎萧山印象

雨停在你脸上
晴停在你脸上
客机从你额头起飞
至于运河,是宋朝穿上旗袍
拥抱大地的战栗

我穿行在烟火味十足的丛林中
饥渴环绕着我,因而节奏越来越快
我用贺知章所给的剪刀
裁出一个波浪无声的大海

运河六月（外四首）

余元峰

上游应是天堂
涨潮时会带来一些读经的人
观沧海
也执桑麻之事

海开了口子
接受这个不寻常的六月
一切向东而来的事物，有汹涌
和不可调停之势

那石桥依然坚硬
烟青色在云下沉睡了一座古镇
乌篷船摇啊摇
整个大海就升起在她的面前

她的盐茶、丝帛之路由来已久
你所见的蓝、湖面、三千笙歌
都不及她身处六月
夜夜织一匹丝绸

◎浙东运河或者其他

远离你述说的曹娥江,湖上龙舟
每个闰六月支起经幡
两岸的岩石止住泪水,我来
做一个见证繁华的士子
热爱唐诗
在小镇上写碑,拓宋词
把新塘的流水又默背了一次

红木扶着时光深处的古宅,朱门微开
取一缕光线在她的额头
镜中平静
有人在寻常巷陌处
倚栏,做回一个缫丝织布的女子

夏天坍塌在河边
取柔软的纤绳在天空打了个结
天蓝色的绒幕布挂上
是否就可以布置一些黑白情节
让官船回到洛阳运纸

今夜,满舱的经卷以雪的词语吟诵
我是一个在岸上刻舟的人

◎新塘的桥

种在水下的松木是有脊梁的,青石板用力
压着眼前不断下坠的落日
经过虹口
石桥支撑住了整个血色黄昏

和我对视的潮水已纷纷退却
露出天空处的鱼
新塘正在静坐
不堪重负的是桥下,众人的影子

无人背纤,一条运河就禁锢了自己
河水有些凉
池中荷花开得很慢
偶尔三两朵伸向岸上的女人

我见过冷色处理的桥廓,石阶愈发坚硬
端坐在深蓝色的水面
而松木藏在湖底
慢慢地柔软了白昼,旧墙面

就此下了湖上的青马,生冷的夜
没有所见所闻
连同新塘的桥,钓鱼的人。你从东河归来
都是虚像

◎在桥上

桥面上遇清风
我们侧身让过自带《诗经》的女人

手持青石不如放下碑文,咸丰年间的碑刻
水一样硬
黄昏也不能抚平它的粗粝

租一条民船
出了镇子便赶上前朝的龙舟
你有丝帛和古老的乐器,悬于空门
你不愿成为一只蝴蝶

我们静坐桥上
让身子离了阵雨,在船首上方漂浮
在故乡的草木和废墟中获得一种青白,如同水洗

油纸伞出了深巷,月下追多年前的旧影
她有旗袍
上桥时定格了一栅黑白风,画中美人

替我们说出软糯的吴语
子夜,对岸是鲜衣怒马的唐朝

◎运　河

一条河,时而有苍黄色
时而是蚕的眼泪
说它洞穿青石的往事

去年的丝绸尚暖,大红色
隐隐指这血脉
携带着土地的火种向天空跋涉

唯有我站在炙热的夏天,是真的
而水是子夜凉去的酒
喝一口,流水便呜咽一声

摸黑织布的人在别人的睡眠和梦中穿行
犹如他新鲜的句子
浸透墨水,拉成极细的茧丝

在运河边
我一边复述他们成熟的语言
一边看它浑浊的泪

大运河（外二首）

林夕杰

最后都会和泥沙一样沉淀下来
这是肯定的，时间带走木船
带走纤夫，带走号子声……

河水入海，古老的草根长出鲜嫩叶子
它们至今都在抱岸而生
仿佛一群人抱着自己的故土

抱得生疼了，会不会跟纤夫一样
在肩膀上勒出几道伤痕
而流逝的终将随着诸多化身回来

像这些天的雨水，经过运河
经过大海，经过无比宽容的天空
再落回母亲般的河床
周而复始——

◎古纤道

光脚穿着鞋子回来时
一块石碑背过身去
留下光面，让你继续书写

这多好！先人留白，给后人喘息
河水其实比我们清澈，看那淤泥细腻
青草芬芳，它们用根茎拉紧绳索

古道依旧，一切仿佛就应该在这里
而这恰恰是让人心疼的，像一些苦口婆心的
文字，时而摇旗呐喊，时而默不作声

一条路积下功德，如同菩萨
看得见时，心安理得
看不见时，心乱如麻

◎晚　渡

香火是用来续的
断断续续，断断，续续
能跪下的人不多了，双膝尊贵
行人雨水般去了大海
高楼高过寺庙，母亲走出箩筐，担子空了
谁来搀扶一朵跪在箩婆桥头的莲花
它以洁净之身打磨浊水
如同钟声打磨过许多人的耳朵
而众生又开始蜷缩在箩筐里
不知痛痒——

给古运河拍照（外三首）

沈文军

你这么长，要用长距镜
你这么老，要从唐朝寻找
你这么多的水，座座石桥
记录着你的忧愁
给运河拍照
太阳是光线
背景是江南的风景

◎在浙东古运河游泳

从唐朝出发
途经萧山、越州、会稽、鄞州
江南的物产丰富啊
我带上甲鱼、黄酒、萝卜干、乌篷船
带上沿途的风景
去国外销售
这时我发现运河是一艘船
是货源充足的物产仓库

◎知章公园

读过你的诗，如今

来到你的身边
绿树环绕，花朵鲜艳
你的笑像运河的水声
穿越时空，仍然嘹亮

◎新南郡

天是蓝的，花是鲜艳的
住在这里的人，每天都和阳光在招手

从窗外拉进白云朵朵
我的家就变成幸福的天宫

新塘三首

王学斌

◎古纤道

石板的裂纹陈旧
脚步的回声也陈旧
古纤道
被覆盖上新的脚印
风,变得厚重

每一个人的体内
都藏着一个拉纤的人
越往前走
越疲倦

而流水,总会带走些什么
恍然有所失
聚集的人群,脚步轻快

胸腔中隐隐有雷声
在运河的水面
流水似乎不动声色

◎运　河

总是承载过多,显得浑浊
一条河有着自己的传说
在时光中越来越旧

有些东西,走进记忆
流水过于缓慢
而归属肯定是辽阔的

正如走在河边的那个人
逐渐放弃技艺、身影
甚至雄心
在风和光线中闲逛

直至在河面上书写
把内心的狮子,一头一头地
放养在漩涡里

◎文昌桥

一座桥,会掌控些什么
譬如流水,或某个年代
譬如那只鸟雀喳喳叫
从哪里飞过来

河流是不是同一条河流
把脚伸下，又会发生哪些奇迹
风往何处去

水汽上升，被遮住的
是来不及捕捉的那个部分
柳枝伸入水中，几千年
一直这样伸着

拱桥横跨，看似轻盈
内心有着
难以解脱的重负

寻觅萧山（组诗）

蔡启发

◎一个人的爱情空窗期

像一个人的爱情空窗期。采风
我在越地萧山运河边
寻寻觅觅

在白天就想到，有夏露凉夜
可叹我，只住了一宿
厌时间短。又竟然忘了
留下来
多陪一会儿我喜爱的越地江南女子

京杭大运河，到杭州西兴
打了个情人结
折出西兴，自萧绍向浙东方向
越地。姚江。迎恩门
如爱河穿过山阴汩汩流淌

遗憾，这次连个微信都未加
所以，无法用一首诗
抱得美人归

◎新塘段合适趴着走

彼此合适趴着走
烈日有了，盛夏的倒影美
时有风吹来一片真情
但我，更渴望
多留意一阵凉爽！

哪怕摇不响，树枝上
栖息的夏蝉
就算黄色的大水蜻蜓
飞来点点水
凉意，自然像
眼前溅起的一片儿风景

新塘段是大运河的延伸
浙东的诗丝
路一小截
河岸留下脚板凿出的抛锚孔
痕迹
仍然承载着喜悦
非要一步三回头牵引
非遗的梦

◎在榜眼朱凤标的墙门里

四合院仍在。空荡潮湿
冷清也是过犹不及
只从后门进出
前门紧闭
如：关闭的朝代，更替的梦

许多，日常用品
成了一种漫长的摆设
和几条凳椅
积着
岁月灰尘。带有
污垢的朱凤标镜框相片
搁在离地
不到一个凳头的高度

泛着枯黄的脸颊
已经
没有一丝起色的余地
霉味的官衔，被一点点回忆
在追溯中
一言不发

◎箩婆桥与箩婆寺的思考

那根扁担把生活压得如此艰难
簸箩中。母亲与书一样匐实
风和脚步都在倾听

泥土的声音里
耸起了,一座桥的弓背词
还有边上栖息的居所

就在彼此的落脚之间,一种困境
心如止水,流过
箩筐里:母为婆,书为简

后来,知书达理的贺姓人氏
有了君子的坦坦荡荡
寺边桥,桥边寺。似水上水下的春风

剪出生活的细叶
唤醒了绿丝绦
外墙壁,被刷上南无阿弥陀佛

不远处
一座知章公园遥相呼应
方石映入,路人的眼间

◎风剪落了运河上的彩云

河面上,被风揉皱的水波
打着西兴的哑语
映起了天蓝色的呼吸
空气不问归期
新鲜和清澈。曾经的事
如历史的真相
在这长河里,落日有了余晖的
长度
河埠,几乎被浸得水泄不通
也很难找到
饮马的场面。而河舫
依稀情景浮现
眼前也已经有了
丝丝缕缕的愧怍和馋美

新塘，那条古运河

裘国春

一条古运河的前世今生，在新塘
我找到一个窗口，可以倚栏观望

谁都知道，河中的那些涟漪
早已不是当年的那道道水波
船娘的歌声委婉
都婆娑成两岸的丝丝垂柳
纤夫的号子激越
凝固为古纤道上的一个个脚窝

河堤上，我的步履依然沉重
踏过文昌桥上的斑驳
历史抖出机灵
竟让苔藓和爬山虎盛行其道
我知道，新塘的七月是个闷骚的时空
彩龙舟的鼓声，振奋人心
但无人来替我抹去肩头的那滩汗渍
也无法突围那些呐喊声
我或许，只能在一个月光之夜
细细咀嚼

我不是新塘人，在新塘找到了故人

贺知章吆喝在唐朝的那些乡音
终日呢喃在耳旁
直到我在两鬓斑白的今天
走过箩婆桥
我可以抬头仰望那座箩婆寺
隐约听到了长安《将进酒》的声浪
酒过三巡
解开，肩头那条魂牵着的纤绳
就在新塘，就在浙东古运河旁

新塘运河之梦（外五首）

施德东

一段运河长出一段古纤道
延伸一条街道
深挖一口新塘
千千万万的事物如花生梦

悠悠历史走来二位先贤
"绳其祖武"，额匾深刻朱氏标配
《咏柳》《回乡偶书》
四季真切，知道章节

如光阴氤氲，岁月静好
那勤劳、智慧
像农民住公寓
梧桐树里飞出一只凤凰

如赛龙舟，羽翼闪烁光芒
锣鼓齐震天
万千事物正在寻找
至美，至善，至真，至旷远

依仗时间的丈量
一座旧桥架起新桥

觅糖,为了新塘
流淌着浙东运河的梦想

◎新塘古纤道

岁月有痕却一路打滑
冰水,静静流淌
她掏出眼眶的咸涩,流给海水

这如风打磨着石头
打磨着光阴,流泪
闪闪发光的水路
让新塘纤夫拉出一条新船

古纤道像一根缆绳
一头系着新塘
一头系着大海

让钱塘江又吐一口潮水
滚滚涌来
见到古老明天的太阳

◎运河浙东

水,是象征,凶恶与美好
运河是符号
浓缩光阴又稀释流淌

可以预见,不久未来
新塘文化名片
将为新塘经济
唱戏,搭起新台

这条运河将从疫情后时代
拐弯加速
从萧山新塘一路向东

◎箩婆桥

走什么路
渡什么桥
先是苦,后或甜

一位玲珑少年
梦与孝如何
前箩担母,后箩挑书

鸿鹄之志
用扁担架起彩虹

◎箩婆寺

此处,香火萦绕
若苦口婆心

或得始终
随心灵行走，从此岸到达彼岸

思家桥
一位乞丐成宰相
与谁结缘
寺，也是桥梁

◎贺知章肖像

老与未老
那个狂客
那个狂客抒写一生狂草

生如春，咏柳
诗书体态丰腴
喝点老酒——醉与未醉
吟一生清醒

一个乞丐何妨
凭担子精神
两眼炯炯，两手清风
拂面一生光荣

新塘·浙东运河(外三首)

过承祁

悲伤堆积的时候,水也会着火
我觉得,我往前走的时候
后面也长着一双眼睛

螺山叠彩,我年复一年地吸收
萝卜干、榨菜皮、西瓜的灵性
我的等待,来自水的另一端

那些流浪的词语,回到家
才明白,在一个句子中
它并不需要活得那么特别

一根水的拐杖撑住古纤道
埠头和银杏中夏日的蝉鸣
在荨麻的怀里,抲年鱼

堆草蓬、穿鸡毛,荡着月色的
柔软。那是一个非非的区域
要么温湿,要么凉爽

◎贺知章:《回乡偶书》

一个人的高贵,是如何形成的?
因为一首诗,他成了这里的

灵魂。被月亮凝结的痛,被太阳
晒热的痒。时间的刀锋,镌刻着

松竹的骨和杨柳依依的越剧
那片永恒的故土。每个人的名字

都在风声和水光里,或高或低
或明或暗,或沉或浮,或延长

或缩短。诗的门槛并不高。高的
是那些写得好的诗

◎笊婆桥

在两岸之间横一杠
一边是社区,一边是寺庙

它们刚刚都被雨水泡过
一边是烟火,一边是烟云

一边是动,一边是静

人与神是相互的彼岸

都在隔岸观火。桥靠坚硬的
石质长久地平衡着两边

并以河水的方式，运作
之间的对话。河水

看着我的汪汪的眼
我身上的一切瞬间开始漂流

那眼，有时清，有时浊
有时，泪水汹涌，惊涛拍岸

◎榜眼的家

朱凤标，萧山人，道光十二年
榜眼。他家是被文曲星睡过的
词语，是一颗巨大珍珠的壳

小河像一把光的钥匙，别在
他家的腰带上。小拱桥
是一把精致的石锁。桥面上的

十三块石板，象征十二个月
加一个闰月。从这出门，便可
平步青云。从这回家

便是荣归故里。来人大多只能
从小门进出。读书人，往往
为理想所累。不读书的人，又

常常被欲望撕碎。匾上四个字
"绳其祖武"出自《诗经》
这荣耀足以让朱凤标死得其所

这里已没有平凡人家的随性
连热闹都是带着景仰而来
他家门口的饼挺不错。一块五

一个。我请客，满足了很多人
那个做饼的师傅，
是不是，也是他的子孙？

箩婆寺（外二首）

余　露

在佛前，我不喜言语

风吹星子。缀满箩婆的紫色
千万朵星辉散落成河，拢一墙佛光
弯曲成石桥，这一端人间红尘万千丈
另一端轻烟迷蒙上无极乐

净土未净。世人慌张且执着
虎狼之词禁于唇齿
包裹尖爪和獠牙，黑衣半寸
暗红的门楣矮过足踝

死亡总是从反面
来回清点那些镀金的佛像
有些事物，我们总是无法解释
——比如，许愿佛前是为何？

◎古纤道

纤道是绿色的
风染着绿，绿色的波纹
旖旎在绿色的水道上

绿色的太阳浸没在半湾桥洞
深处。纤夫的脚印汹涌着
绿色的疼痛

吉光片羽。落在古运河的一端
影子的绿包裹着历史的呼吸
我们吟唱更长的记忆

将肉体和纤道旁的柳树交换
——那些绿色的梦境独自发着光

◎在知章公园

蝉鸣厚重了些
脚步踩上去的时候,颠簸
滞缓了一瞬

拱手。作揖
穿过密密挨挨的人群
我们推杯换盏,盛饯重逢

赠予太白的金龟遗落在了何方?
二月已过。春风曾来过越州
垂柳碧绿如玉一如当年

再将酒泉迁于永兴

花奴敲起羯鼓,张旭脱去草帽
我倚着宗之看你挥毫

今日将运河斟满,你我
再饮一杯盛唐

尾巴在河底（外一首）

王　毓

源自一个本性的原因
仿佛爱情
打破疆域、蒹葭、镜子、泡沫
和银河一道交叉在胸前
捂住自由的尽头
一丝震颤，只抛出一点沙泥
繁华沉落的一千多岁的花泥随潮涌翻飞
贺知章爷爷回家时
有没有从岸边采一朵花儿往头上戴
看！河里的龙舟没他野，没他狂，没他美
天边的浮云、天下的长城一路向南
织女的彩练、白头翁的雪一路往北
一个接一个"济"字被浪花串在一起
在金鱼、楼台、石碑……造梦之前
我不想用美颜相机拍下这尾钓起的沙泥
我热爱这触手可及的真实
爱情有千钧重，这条尾巴呢

◎过家家

石碑立起的片刻
气定神闲的乡野死了

祠堂一扫而过
水草在跳，青苔在唱
椅子一把把跺着脚，过家家

我懒得借门匾架运河上当骄阳
把西兴的渡船割得猎猎生疼
连着依恋的舌头沉睡了
被萝卜干掩埋进梅雨季

适合潜入水底的夏天
适合夏天的八月，牙齿像锯齿
撕拉两岸的色彩，黄花槐哟
来，创造故事就是创造问题

萧山一出生，就寄存过一个男孩
村子里，溺爱飞过
他飞过，石头起了一个念头：
"我想化为乌有，连灵魂都不留"

在笋婆桥(外一首)

朱夏楠

运河带着水流往东
而我南下
借一座名曰笋婆的桥
完成时空坐标的确立

庚子年雨水绵密
荷叶蓬蓬,遮住暗影
桥上的行人
成了跃出水面的鱼
水渍未干,又没于雨帘

这短暂的夏季
阳光与水光交错
一些过往尚未浮出
一些未来已预备着
被埋下

◎古纤道随想

被凭吊,大概是它一生中
最为荒诞的经历

它的归属是那些影子
那些低沉而整齐的号子
那些虬龙般盘错的
沟壑纵横的脊梁
——在这块土地上，暗暗地发力
把繁华一步一步背负至此

如今，水流中的石墩
只停留着轻盈的白鹤
偶尔抬头，漠然地
与游人对视

萧山三题

林燕如

◎我的河流一样沧桑

我曾把许多河叫作运河
包括家乡那条小河
它们看起来风景无殊

一切沧桑都沉了底
我需要的是耳朵而不是眼睛
听听南来北往的船声
听听南腔北调的话语

而我恰恰又是伤了耳朵的人
站在水边
我是不是应该
把这么多年的人世看深点
把世故看透些

◎古纤道

后面是工地
前面是现代化高楼
斜阳、植被和水

在中间隐藏了什么
读懂的人
走在承前启后的时间里
读不懂的人经过一截草莽小路

故事已经很旧了
唐诗之路上的谪仙们
大声唱着爱的纤夫们
我来迎时，他们刚好不在
不用叹息铺陈
因缘诗歌
我又看到了相同灵魂的人

◎笋婆寺

不见经文，未闻梵音
可默默检视自己
眼含长泪

此处是个隐喻
诗人从前世活到今天
把一种处世之道用笋筐担来

梅雨，压低了一切
而我们湿漉漉的对话
抬高了笋婆寺的位置

新塘往事（组诗）

董彩芳

◎埠　头

无法避免夕阳再度西下
运河埠头的影子,继续消瘦
总有遥远的声音在回响
沉睡的耳膜,再次被唤醒

日子那么旧,需要用河水一遍遍清洗
河埠头记录,生活的忙碌和从容不迫
交付河水一次次印证,来日方长
行走在运河边的人们,心里都有一个埠头
适合安放,慌乱的脚步,记载
鸡毛蒜皮,卸下满身负载的盐粒

余晖即将沉没,乱草静默落座
运河埠头藏进影子里
慢慢咀嚼的苦涩,生出甘甜
日子反复打磨,泛着月光一般的白

◎古　桥

为了避免河流交错打结

这里聚集众多老桥，打坐观望
拱着脊背，挑起日月和风雨
一生被踩踏，疼痛，不敢松懈

曾经举起的脚印，疲惫
担着生活的重，从河的这边到那边
反复，埋下血汗，企图修改潦草的命运
翻开崭新的日子，在桥上举幡或立碑

坚持得足够久远，身躯里的苦涩已结晶
越发坚硬的骨头，还在支撑落日和明月
岁月装订成册，一遍遍删改、刷新
古桥如一个个用旧的修辞
抒写遥远的呐喊和追问，唤醒
即将沉沉睡去的昨日

◎纤夫还不会歌唱

苔藓很老了吧
它们爬在更老的青石板上
像要为纤道的来路和出处作证
从背影里重新呼出，那些走失的光阴

那时纤夫屈膝弓背，和着血汗匍匐前行
多么沉重的日子，被鞭子一遍遍催促
四季的风雨抽打脊背，拷问生活的咸味
日光毒辣，头颅的分量日渐变得轻微

那时,纤夫还不会歌唱

他们用一生,在萧绍运河埋首跋涉

步履曲曲折折,把苦涩都踩在脚下

◎穿鸡毛

那时,新塘的女人都会穿鸡毛

她们挑拣鸡毛,就像筛选出生活的亮色

一地鸡毛,铺排成日子的宽度和厚度

蒜皮是小事,鸡毛的轻总被扎紧

终会成一把把掸子,清扫各处的尘埃

有时随手扫下高处和低处的蒙灰

有时掸一掸周身带回的小土

生活在暗处时,就举起鸡毛掸子

就像亮起明灯,把新塘掸得一片亮堂

◎堆草蓬

越往高处,堆得越宽大

草蓬想要积攒生活的甜蜜

一层层覆盖住脱粒后的空虚

还有梦想需要压紧,往更高处

那么单纯又朴素的向往

撑开,在越来越冷寂的日夜

等待被派送或带向燃烧,化为灰烬

或者,等待春天,腐烂在来年的泥土里

即使被践踏,陷入更深的阴暗处
它们也不懂得喊出疼痛
就像那时的新塘人,咽下
苦涩,年年用心堆草蓬

运河辞三首

王　瑛

◎运河辞

不似黄河汹涌
也没有长江激流
她如若一介小女子
着一袭旗袍款款而来
用一颗强劲的心脏
跳动着时代的舞蹈

静静地流淌
她带着秀丽和婉约
宛如一条玉带
蜿蜒于古道边
那水波潋滟处，一个个笑窝里
勾勒出尘封的画卷
把纤夫、石桥拥入怀中

她是一部史书，从东晋走来
装着王者的雄心
演绎着民族的悲欢离合
让那些情思在江南的河面徘徊

◎双双桥

一群水鸟悄悄游过
一簇诗人热闹走过

朴实无华的你,以一种安静的姿态
悄悄坐落在那一方土地上

你和她肩并肩、手牵手
目不斜视
弓着脊背,默默凝视伴随自己一生的她

安静,连河水泛起的涟漪
也没有发出一声声响

潮湿、错落的石板
一簇簇嫩草在繁衍
显露时间的沧桑
当月光洒向你们时
鸳鸯般映在水里,这大抵是你最幸福的时刻

此时,高跟鞋的声音
正打破了你们的寂静
见证了你们的身上满是时间

◎赛龙舟

当龙舟划过枝丫时
鼓声从大运河的胸膛传出
梦生出新塘,以龙的姿态呈现

浪花翻腾
新塘人千百只手臂的舞动
鼓声震天
唤来柳绿桃红和一方盛世

擂鼓、呐喊
激情的龙舟不断推进
从曹娥江出发,经道墟、过皋埠
穿过柯桥和衙前
在新塘的水面,脉搏顿停

这龙舟竞渡,虽捞不上孝女的骸骨
却强健了一方人的臂膀

箩婆桥（外四首）

徐丽琴（桔小灯）

抵达一条河的深处
须得有一座桥
担起一个困于疾病的母亲
却远不止一副箩筐

如此我凭空想象过
那箩筐里装下的
有风干的稻谷和饱满的麦子
新鲜的清晨和疲惫的黄昏
也有离开的不舍和归来的迫切

借助这座寂寂无名的桥
试着走过回乡的路
和以往同样的是
面对午后寺庙的闷热
你内心依旧能泛起
一粒一粒的清凉

◎写一首诗给浙东运河

反复斟酌仍无法选取合适的文字描绘
面对一条并不澄澈的河水时的心境

放进去的词语要么着急要么杂乱
而风无动于衷

那些可以谓之诗歌的表白
显得单薄暗淡甚至空泛
步履轻浮
它们路过许多桥都未作忠诚的停留

而是以水流作签串联陌生的名字
仿佛唯有如此才不枉遇见时
把河畔人家画在斜阳的黄昏下
星光目送小船河鱼和男孩的赤裸踏上归途

在水色花朵里依稀可见
河畔之人越发久远的童年
与其说这是献给运河的诗
不如说是深刻一再浅显的过往

◎纤夫古道

身着粗布衫的发髻
摇曳在你一寸寸前行的船头
她的腰身低于一盏熄灭的灯
呢喃于耳畔的句子断裂
落在漆黑的夜间如水色般温柔

鱼在水底游弋

这不是凭借推测就能放空的堆积
唯有厚重才匹配流淌的固若金汤
也成就千年后来人谈论当时滚落的汗珠时
自得的一笑而过

即便反复行走于纤夫古道
那种日落而息的简朴
已经成为我们向往而无法怀抱的
彼岸

◎文昌桥

抵达彼岸
彼岸住着着素麻的故人
他久久不语
除却荒芜,藤蔓植物爬满他内心的波澜

此刻波澜缄默
在他身体里堆积下丰厚的昏黄
望向一条鱼的归来
也望向沉寂的落寞

不如斟一杯酒,颜色比河水透彻许多
醉酒之前就约定
你的眼眸里要有放不下的情意
唯如此才不枉我在桥的这一头
度过一生

◎痕　迹

在充斥着重工业时代遗留的斑斑锈迹
言说一条河的洁净度是无谓的
风来荡开额角里波纹的浓重
每一道都有契合粼粼旧事的尺寸

匹配河水的是摇橹而非白马驰骋
剥开和缝合水流伤口的是风
有时深刻有时浅薄
飞鸟划过的天空与别处有何不同

被收割过的土地
留下了挖土机的痕迹
而我只记得我来的时候
恰逢久雨后短暂的晴

请原谅我一生平平无奇
走到哪里都了无痕迹
汤汤河水里
放不下一句珍重

浙东运河三章

吴 邪

◎浙东运河的遐思

与一朵云对望风中
芦苇荡向上或者低眉
都有了安身之所

千年时光浙东运河的流水
不再困顿如兽
云雾、阳光、石拱桥都
缩略成历史卷册

一路沿河而走
阳光从河水折射
从古纤道青石板上升起
把颓废与枯萎的事物从
碶闸以及堰坝里剥离

此时影像不再是
一篇碑文或者唐诗里的颂歌
而是埠头行舟里布衣
杯酒、蓑笠,越剧水袖里一声叹息

河水的尽头是东海
当它再次把自己打开
就如同一只惊雀冲入云霄

◎箩婆寺外静想

箩婆寺内,钟声隐喻
隐喻在对岸的贺知章公园
片刻而已,庄严与肃静
镀上了一层温和

一根箩婆担于肩,摆正
才能保持平衡负重前行
不管传说或是事实
孝义都有了丰盈之态

就如河水上跨坐的箩婆桥
这头连着慈悲为怀
那头连着诗词大义
河水与清风成了衬托

一尾鱼,从河水露头
一个人端坐在桥上
沾点佛性保持半生清白

◎ 大宅门里的往生之朱凤标故居

一篇碑文
标记着桐轩先生才智
高中榜眼足以光耀门楣

一个听水声长大的人
太阳高光以及清白
融入每一滴水里
以至从故乡出发担任三朝元老
每一道经脉 都流着心怀天下的热血

一座大宅门，流经百世
总有它令后人瞻仰的理由
一些事物，变得遥远
某些人却在这一方土地根生

就如同
高悬的匾额有些苍凉
月亮，却依旧会从白墙青瓦里亮起
运河岸上那一朵待开的梅花
会引领亡灵归到故乡

萧山古纤道（外四首）

应先云

杂草怎能抵挡经年的碑石？
挪一挪即可

注定不缺柔美——
左边是水，右边还是水

一个朝代的旧影，在运河
荡起丝丝波澜

纤道细细长长，多像花旦
甩出去的水袖

望不到头。弯弯的青石板
是路，也是堤

拉纤的人。一步一回头
一步一回头

◎浙东大运河

道听途说的，未必就假
驻足河岸良久

所收纳的,依然逃不出荒凉

那就说说临水的古桥。比如
文昌桥,比如笋婆桥
贺担僧和笋婆的千古佳话

说说河面上发生的趣事。比如
盛装的 N 艘龙舟
在锣鼓声中,一艘紧咬住一艘

最后,让我们说说古纤道
这落寞的风景
异乡客对着一条河抒情

◎萧山笋婆桥

即便经日月
历风霜
桥,还是先前的桥

至高点,翠绿明里暗里
送来几许清凉

混浊的河水开始聚拢
深不可测
石狮子在桥头指点迷津

笋与萝,混不得
孝与仁,舍不得

一根扁担渡己——
前笋担孝道,后笋挑志向

◎萧山大宅门

在新塘,只要报出朱家坛
谁人不知,哪个不晓?

某某年月,写诗者和水里的倒影
跨过一座旧石桥

默默地。仰望黑瓦朱阁
白墙赤门

小径曲折迂回。三进三出
除了石雕和木雕,砖雕也抢眼

别一味说空庭院、空厢房、空阁楼
且往远了看——

空,难不成是实的障眼法?
就像一部没有对白的老片子

水缸里的泥菖蒲缄口不言

只一个劲地往上长

榜眼墙门
整个萧山人的福祉

◎新塘彩龙舟

这新塘的印记
活色生香
与孝女曹娥有关，与东汉皇帝有关

传说真也好，假也罢
五月廿二
一个非寻常日子

一二三艘彩龙舟下水
是否意味着
喧天的锣鼓、铿锵的号子

将再一次喊醒沉默的河水
歇息的鹭鸶
以及河岸上摩肩接踵的看客？

祈福，不是唯一的热点
而最终的胜负
刷新了新塘的又一个早晨

运河，未曾流经的消逝（外三首）

项 云

涤荡泛黄陈旧的时间
发呆、乱想，或者什么都不是
江河流经野草
我流经它们

想说的，都说与了流水
那是寂静，又悄悄
在远处被聆听
或许需要一千年以后

借沉默
以灵魂浇筑肉体
谁都是一首诗
有时却更想被人撕掉
重新写一写

◎流水柒月

一个设限在人间的天堂
埋下多少尸骨
才暂留得住百年的风华

笛声越过堤岸顺水而行
河滩是灵魂的卧榻
恭迎远方

拥堵的痛
再次踏上归程
若没有杯中的弓影
如何与自己的狂妄
隔水相望

◎纤　夫

江河给的
岁月给的
是向前的信念
即便是一叶孤帆

靠足底的疼痛辨识路途
你把自己伏得很低
狂荡的逆流
至今在风雨中还没拉直

◎箬婆寺

梦醒后有了一座千秋观
梦中的营役随诗稿而去
镜湖与剡溪的中间

只负责渔樵听雨

区区方寸
为诗为酒为官为人
匆匆行者。无奈的作秀

除了恭敬箬婆
不曾为其他屈膝
半掩的庙门,抵达辽阔的悟

大地的悲欢交集
热烈最易
宁静最难

我有一颗膜拜之心（组诗）

李　萍

◎新塘古纤道

我站着,脚底板触到一段故事
去头掐尾
咸涩、苦痛、悲悯、敬重
自纤道的前世,一步一步
蹚着汗水、血渍、呵斥而来

风,起于时间的对岸
越过凛冽、凝重
越过晦暗、沉疴
与我邂逅,拂去
历史的仆仆风尘

遥寄一枚鹭鸟清啼
我翘首、凝眸
旧时驳船驶过
时光的淤泥

◎过箩婆桥

低头,恰与斑驳石砖对视

想问它，可记得
唐朝孝子模样
绿苔葱葱，抚过我
现代主义脚趾
仿佛掂量古今
是否异义

高跟鞋细语，惊起一河涟漪
那是箩婆，点缀皱纹的笑窝
承蒙贺才子怜恤，自远古
快递一帧老照片
他说，收下吧
好发朋友圈

倚着桥上石栏，摆好古典姿势
来个自拍，只是丝质旗袍
文辞稍嫌绮丽
赶紧滤镜，开启
"黑白"模式
链接古风古韵

◎榜眼墙门

门外踟蹰，怕门里光阴凝固
功名似船帆
历尽沧桑，终搁浅

怕笔尖高悬，滴落人声灯影
故去的荣光蛰伏
但我有一颗膜拜之心

高处的事物，适合仰望
只是抬头太久，容易
忘了初衷

◎逛知章公园

那么多人涌进来
那么多阳光涌进来
那么多幸福涌进来

你站着，微笑着，吟咏着
少小离家的人
比天边云朵还拥挤

老大回的人，却像雨中蝉鸣
稀疏、单薄
苦于乡音跑调、归途迷失

羡慕你走得出，回得来
人生处处风景
不及告老还乡

◎箩婆寺冥想

一阵风闯进来,禅院装满
各种各样的声音无处不在
饱满的瘦削的,温情的冷酷的
笃信的迟疑的

一阵风逃出去,禅院清空
各种各样的声音赖在回收站
怀念的后悔的,怨愤的平和的
彻悟的执迷的

人间草木,起起伏伏
世上情缘,明明灭灭
神灵看在眼里
疼在心头

檐角风铃,一会儿抽泣
一会儿战栗

◎萧山运河

仅有这些吗
寡言的江水、寂寞的茅草、搁浅的历史

流水之上,定有大船小舟

船里有热气腾腾的红尘俗事
有贯穿人生的苦乐咸甜

船夫的号子,贴着水面低飞
落入船楼笙歌的漩涡,渐渐
喑哑,沉没于浊浪浮沫中

盐茶米面、丝麻竹木、书简琴瑟
南来北往,一船生活上行
一船思想下行

鹭鸟翩翩,穿越运河故事
鸣声搭乘时间之舟
任意往返

◎在新塘观彩龙舟赛

锣鼓声、喝彩声、掌声、桨声、呼哨声
拧成一根麻绳,牵着
岸边观众的心跳

古老的彩龙舟、奔跑的东河水、闪亮的孝文化
在阳光和镜头的直视下
一卷虹影,定格

惊心于众人划船,如乐团展演
节奏、曲调,整齐又参差

龙头进，龙尾随，一脉相承

参与并协作，追赶且超越
风从汉朝匆匆而来
传送口谕

浙东古运河抒怀（外一首）

寒　寒

万古如长夜
如此伟大而不朽的缓慢
灌木丛中的运河

沧海拥集归处
数千年锻冶的运河谱系
过滤朔风、残月和孤舟的往昔

我们相约古纤道
学着古人酬答唱和
那是诸多流逝之心
召唤波纹、葱茏与真谛

河水茫茫，兀自东流
我们深知，当行吟被赋格
枯水般滞涨的字和词句
无力担负美学和使命——

◎农历五月廿二，观新塘彩龙舟记

更多时候她在人群，朴素而热诚
偶尔也会偏离，成为流年中的隐形人

从箩婆寺出来
过知章公园，登文昌桥
当新塘龙舟鸣锣四起
她颤抖着，瞥见群峰、荒野、庙堂和湖海
深渊与苍茫。当号子声漫涌全身
刹那间的匮败，反复告诫
所谓孝义与至善，亦是另一种
蹉跎中的理想主义

时逾端阳，在萧山。观竞渡
通向更荡漾更幽秘的所在——
她多想再来一次激越
但激越不可得

运河从我家门前流过（组诗）

陈于晓

纤道悠悠，沉淀下光阴一截
入新塘和平桥，看运河
心头蓦地沉了一下，这是一截
古纤道，也是一截老光阴

古往今来，多少人踩过的青石板
今天我又踩了一次
不知会不会踩疼当年纤夫的脚印
这纤道，无论如何刚硬
被岁月泡久了，总是柔软的

如果可以找到剩余的纤道
一定还可以迎面相逢
那些匍匐着的身影，有时生活
就这样被纤绳勒得伤痕累累

与旧年的纤夫在往事中擦肩而过
我保持着沉默，如同愈来愈沉默的
浙东运河。我知道这一整条河流
都在低下去，最后将和那些身影
一起沉浸在大地的呼吸之中

古纤道上依稀的石孔
如今早已无船可拴了

◎丛生的野草，以及文昌桥

在新塘半爿街社区，出生于清代的
文昌桥，年复一年地
卧在浙东运河的老流水里

鸟鸣桥更幽，运河也更空旷了一些
路过，仿佛风声，我也必须竖着耳朵
谛听，至于老桥的那一声咳嗽
肯定是我的幻觉

也许是斑驳、沧桑或者水墨久了
老桥穿了一身野草的衣裳
像是在褪了色泽的旧衣上
打上了一串串彩色的会飞翔的补丁

流水还是旧时的样子
那一岸，菜花还黄，稻田还绿
桥名文昌，若有鱼
跃过老桥，或许还能成龙

水面空旷。忽然想问一问

你当年借走的那叶乌篷

此刻能否摇回来
顺便把我的童年也捎上

◎运河从我家门前流过

浙东运河从我家门前流过
那些年,我们的日子
老是被欸乃声声打湿

河埠头是最热闹的去处
洗衣、洗菜、淘米……一条运河
流淌的全是人家的烟火
每天清晨,打上清水一桶
用来烧煮,入桶的,还有晨曦一片
夏天傍晚,洗澡,半河的"浪里白条"

水花、游鱼、粼粼波光
小草的头一旦从石缝中探出
就再也按不回去了。秋后水落
则石出,骨骼铮铮。汛期水涨
不时漫上岸来。只是不论水涨多高
也没有一支桨,摇入我家的窗口
回眸间,已是某个春上,邻家女儿
风吹亭亭。人儿似月,皓腕凝霜

数乌篷,数大白鹅,摸螺蛳
之后数年,则数机帆船
直到把流水和天空都数得空荡荡

如今,只有鱼鹰,还不时地
潜入我的梦中,又不时地衔来几枚记忆

◎走过笋婆桥就是笋婆寺

笋婆桥头笋婆寺。我转了一圈
依然不知,是先有桥还是先有寺
不问流水,流水只知不舍昼夜
也不问僧,怕僧答一声"吃茶去"

走过笋婆桥,就是笋婆寺
"前笋担母,后笋担书"
故事里早年的贺知章,日复一日
前笋挑着"孝",后笋肩着"读"

斗转星移。很多年后
贺知章住在贺知章公园里
贺母,那位坐在笋筐里的婆婆
还住在笋婆寺么? 我想从
"少小离家老大回"的乡音里
寻觅出些许踪迹

不经意间,翻到的却是笋婆寺

又叫云门寺，那么，谁能告诉我

这云之门，在哪儿

（注：相传唐朝诗人贺知章年少时曾随母亲到箩婆桥一带谋生。因其母积劳成疾不能行，于是，贺知章曾以"前箩担母，后箩担书"行乞于乡间寺庙间。）

◎新塘龙舟

"以船为车，以楫为马"的岁月

早已沧桑成黑白。只有彩龙舟

依然在新塘的辽阔中，行云流水

当每一年的农历，翻到五月二十二

曹娥娘娘的生日。竞渡的龙舟

便骤然响彻，击鼓、鸣锣、划桨……

给为父投江的曹娥，奏响"孝感动天"

金、银、青、黄，遍插彩旗

"四龙点睛""龙穿花阵"……

一江沸腾：力争上游，祈五谷丰登

两岸人潮：齐心协力，愿国泰民安

鼎沸之外，水云间。仿佛有一叶乌篷

正在缓缓飘来。风正轻

过长桥又短桥，少年的曹娥坐在船头

桨声吱嘎。烟雨处，曹娥的外婆

住在一个叫金家浜的小村庄

◎在朱凤标故居

桃花开过几度,稻田青黄数载
"萧山相国"朱凤标又回到了
朱家坛参参差差的烟火中

在访朱凤标故居的途中
热心的村民给我们指路
直走,过桥,转弯,然后就到了
现在和从前,他们都是朱家的邻居

风吹着朱家的"大宅门"
也吹着"大宅门"之外的人家
风只是吹着,并不分辨
三两麻雀,一会儿落在白墙黛瓦上
一会儿又落在钢筋水泥间

时光旧的旧着,新的新着
故事留下了一些,也弄丢了一些
石板路有一搭没一搭,水路还通么
朱家坛的老河就这么
连着北面不远处的浙东老运河

我们到来也好,离开也罢
它们都一样安静地流淌

旧　河

半　文

1

自春秋出发,三国两晋
唐宋元明,细密的时光
浓缩成一块一块
紧密的石头
以石铺路,以石架桥
端坐在凝固的河流之上
看时间,慢慢地长出嫩草
四季轮回,万物生长
那个高过额头的神明
悲欣交集。我是多么无力
把一个眼神,折叠,再折叠
才落下一滴水
打湿眼底,这一条河流

2

西陵渡口的往事
和吴越争霸一样陈旧
两千年的时光
把钱塘江的潮声
反复搓洗,仍无法洗净

一个诗人的叹息：
江边杨柳谁攀折？谁攀折
西陵渡口，古今离别
一腔离愁，被高高举起
又轻轻放下。千年以后
我漂浮在运河之上
经过一个又一个渡口
去找寻那一声叹息
没有叹息的日子
我把时光摊晒在水面上
任阳光轻薄。然后
看着自己，慢慢虚无
成一个透明的影子
好像，一件陈年的心事

3
当一条河流不再是河流
而成为一卷风景
我习惯将它卷起
细细地卷，和任何一卷
画卷一样。卷成之后
存放在心里某个角落
想起时，可随手取出
跳进西兴，或者衙前
随便一个驿站
把身上堆积的尘埃洗一洗
洗得像一个新的自己

重新出发。或者
跳进春秋、战国
在随便一个历史的片段
中溺水。然后,静静等待
有人把我打捞。像一件
出水的文物

一条条长长的乌篷船就是一个个黑美人（组诗）

蒋兴刚

◎乌篷船

我盯着船舱外的一群麻鸭
它们在水面相互追逐、争食、抖动羽毛
它们的动静有时变成了光线

船老大用力蹬两个脚桨
一股浓浓的水汽从打开的船篷中涌进仓内
而我的身子已经低于水面

我在半潜的状态下嗖嗖前行

◎过运河桥洞

乌篷船拥有平川与绝壁
船老大把桨和船顺成"一"字
我迅速把头
压一压

桥洞如一根光线挑开了黎明

◎黑美人

同事发来一段视频
说是威尼斯雇用小船，就相当于"打的"
船夫把小船划得像一道闪电

同事问我想不想过过瘾
我看着视频，仿佛在流水的漩涡里飞来飞去

我来自江南水乡，在我们那里
水网纵横、四通八达
穿行在水面的一条条长长的乌篷船像一个
个黑美人

现代化放大了人类

◎鱼鹰在水中翻扑

在一片河网密布的寂静之地
鱼鹰在水中翻扑
请允许我这样描述
鱼鹰像整个地挣脱了天空
和引力

◎千年浙东大运河

其实,我不应该用千年
来定义大运河
千年是一滴水
定义需要更宽阔的大海

比如,今天是曹娥娘娘生日
划龙舟的运河人
与一场久别的航行相遇
那些液态的唱词
响彻吴越大地

慢慢的我明白了
千年浙东大运河像一粒米
自己珍惜自己
的一生

◎鱼米之乡

一根缝衣针,被一道火焰烧蓝
弯曲成鱼钩

河道里站着一层层养鱼用
的细竹栅栏

稻谷收割的季节
也是菱角成熟的季节

木棹咿呀……
船稳稳靠住，它们应该有
上岸的欲望

一滴水流过新塘

黄建明

一滴水淹死了时间
一滴水分娩了诗歌

莫家港的举人们
挺胸走进了萧山县志
他们像浙东运河一样
装上了滑轮
游荡在时间的深处

不紧不慢流淌的水
忽然有阳光明媚的女子跳跃着
我在一条河里发现了另一条河
在一条纤道里发现了另一条纤道
诗人莫莫说
这是她小时候每天上下学的必经之路
如今只有一滴水流过

在新塘,我听惯了
鸡毛鸭毛甲鱼壳的叫唤声
在新塘,我看到了
一朵羽毛在月亮上升起

◎浙东运河

萧山最早的水哟
比大禹来的更早
一条石道也有她的爱情
她的爱情应该在水上

在南北朝，在唐宋，在当代
一条浙东运河
被人牵挂了千年
柔美的波浪声像候鸟
更像闪电溜成一湾一湾的诗

河水是有心的
看穿了诗人们的寂寞
有时候，人在江湖，身不由己
运河是劳累做成的花
把诗人的童年束成了口袋
在诗与思想之间的彷徨
左右一个民族的精神

运河是浓缩了的江南
是江南的一处盆景
聚焦了唐宋的目光
本是极其平常的一条河
因为有唐宋这两个巨大的影子

在河面拖曳
而有了别致的神韵

那些神奇的名字
在新塘的春天——苏醒

◎拿一盏新塘的红灯笼

从三碰桥开始到塘埠头
在过塘行的一隅
与制作灯笼的娇娘一起
成为遗址的一部分

南宋的温度
令陆游与唐婉这对苦命的鸳鸯
有了摧毁一座城的风骨
也使赵家的残壁江山
忽然有了雄伟的气势

这也是一条神奇的河
她的神奇并不在于长度
而在于风雅
一千年的时间
足可以湮灭世间的一切
但不灭的是诗歌的疼

拿一盏新塘的红灯笼

照亮诗歌回家的路

◎姑娘桥

一位好心的叫蔡瑞莲的姑娘
出钱在运河上建起一座桥
四百年后
桥不在，而姑娘桥村还在

谁也不记得姑娘的容颜
谁也不会关注姑娘被缠的小脚
但我知道在新塘
姑娘桥是揽在怀里的春风
是立在乡民心中的雕像

在诗意的浙东运河畔
那姑娘就是河畔的一首诗
就是歌谣"萧绍熟，天下足"里的女神
就是八百年新塘的初恋

萧绍运河（组诗）

莫　莫

◎温暖牌故事

梦想开始
亿万朵羽绒讲同一个故事
温暖牌故事：特别适合冬天
风声里裹挟着剑气

一床羽绒被覆盖在钢筋铁骨上的样子
就像一群古板的人
被呵着痒笑出了声音
他们手捧鲜花
努力赞美每一个好人

河流结冰
父亲跳进官河救起的那女子
还在官河边的平房里
生火煮饭、嫁人生子

开哺坊的父亲、收鹅毛鸭毛的父亲
做水泥匠的父亲
在桥边砌了两条石凳
很多老人坐在上面乘凉

像一片片划不动的独木舟
摇晃着靠了岸

他们用河水的声音念叨父亲的名字
比石凳还坚固的名字
这个喝官河水长大的男人
身体里流淌着一条纯净的河流

每一滴水都饱含诗意
喝官河水长大的女儿
后来像鱼一样游进了那条河流

◎和平桥古纤道

少年走古纤道
从莫家港经过河西,去蔡家浜的养鸭场
倚着萧绍运河西行
赶鸭群、鱼群
迎着欢快的落日余光
步伐轻松且跳跃

倚着萧绍运河
朝阳令远处安置小区镀上金黄色外衣
近处茅草仍如旧日茂密
没有拉纤人青铜铸的脚板
一座颤巍的老桥
而立之年行如翻越山丘

◎朱凤标故居

少小离家的人
上京赶考的人
从一条河的一个固定的河埠
坐船离开

像一个摇橹的欸乃
掉在听梦人枕上

河水流向没有终点的远方
沾染人间泥浆
承受过万物笨重坚硬
也总会回来

水汽有时可能是一场雨
也可能以一场雪的形式
下进故居的老墙门

笤婆河

潘开宇

当东晋的萧绍平原
流淌出浙东运河的第一泓清流
七十八公里的浩荡运河
从此在萧然
穿城而过

当贺知章渐行在
江南水乡的青石板路上
用笤筐
一头担着母亲
那个曾经吴侬软语的女子
一头挑着经书
笤婆河
从此源远流长成一个传说

千年风吹过
旧时波依旧滔滔东去
裁剪细柳于春风中
采芰荷
于雾散的中流
于夏雨
在白云孤鹤的飞还中

扁舟出没

今我来时
来寻新塘古镇的历史
从水草更青处
到唐诗之路的彼端

浙东运河（组诗）

高迪霞

一只运河上飞起的鸟
它被一个新的名称唤醒
陌生又新潮
现代化风干潮湿的河岸
泥土
是否还能将一双足包裹

大地坚硬
时间的巨流拒绝一只鸟
把古老的喙闷在夹紧的翅膀下
风
鼓动它飞起

它终于停在骨骼上
探索河的身体

纤道是保存完好的肋骨
撑起一条河的胸膛
石桥沧桑犹如风湿鼓起的关节
在梅雨的六月犯起疼痛
却仍倔强地走成一路唐诗
两千多首

流传成浙东运河的血液
静默,涌动

它为此鸣叫了一声
浊杂将褪去
荒芜会新生

◎一条河的方向

人工河
是老百姓手心的掌纹
从生命中走来

起点和终点
描述长度
强劲的脉搏
才指明一条河流动的方向

◎西陵和渔浦

运河从没有停止流动
时光的梭子
交错出丝绸般绵滑的诗歌
船或是流转的目光
运载它们
汇入大海
或在西陵上岸

渔浦的码头
也还能述说
韵脚的撞击与离开
今天在岸上回望晋代的诗人
摆好句子与标点
就着三江水边的咸风
干一杯

◎文昌桥

一条河的喉结
即使沧桑年迈也依旧突起
话音都刻在石岩上
比如他说着自己的名字

水汩汩流来
穿过拱洞
所有混浊的自言自语
都翻滚成一声
确凿的怅叹
像喝下一碗接风的热汤
见到了人声鼎沸
世界重新热闹

◎界　桩

一个国度的一座山
一寸土，一条河
都有一枚印章来落款

运河界桩不在水里
它是一枚三角棱
崭新的水泥
插进古老的土地

一面是中国的文字
一面是世界的文字
末尾都被杂草遮住了
只有一个三角面
画着一条白色河的样子
写着"中国大运河"的汉字
朝向天空

这是运河的印章
生根于此
时代
试图将它再次提起

消失的纤者

王葆青

◎消失的纤者

纤道如射，劈开水色
天光。桨橹和纤者同时失踪
一位女孩子顺着脚印来回
踩，直到她挣脱了纤道
挣脱一条河流，直到

回来，和一群人挤上纤道
寻找，偶尔步下埠头安顿
脚步，或躬身触摸河面，触摸
天心，做沉淀与打捞的游戏
此时，时空已然在水底颠倒
破碎，弥合，留下岸砌的法则
那些峨冠博带者已上岸
离开束紧的河流，直到

消失的纤者
结伴归来

◎文昌桥

我最初不知道名字
我只是驻留其侧
一座坚固的小堡垒
攫取视线
它自有精髓

方才我从脊梁踏过
仿佛横过关隘
萧绍平原河流无算
这座凉亭是给跋涉者的
耽想，还有盛文阁

依然没有远离视线
依然可以歇脚
一如我徘徊、仰视、俯就
元稹、韦庄们刻意留白

但物化的念想依旧
只是闸门
迟迟不肯落下

◎爬坡的河流

顺着河流爬坡是种荣耀

以至于我忘记了手中笔
在风景中穿行时
我忘记手中笔

明明一宿可达
我却变成一瞬
好似顺着光纤溯源
这奢侈的宣纸
竟容不下一支笔

好在血液充沛
是泛光的铭文
是笔墨,迎着落差
爬坡,迎着曹娥江
逆袭,迎着潮流
而上

运河往事悠悠（组诗）

朱华丽

◎西陵渡驿的风

浙东运河，从 1600 年前的晋朝出走
越过江寺、祗园寺的钟声
沿着东西的坐标，一路奔流
白天破空而出
将云霞托举
夜晚，披上月光和桨声，俯身贴向地面
继续游走

西陵渡驿的风，来自钱塘江
它属于官河边的灯火和船家，也属于
百里外天台山的一场山岚
五弦的音，在风中越演越烈
渡口，静默的观者
把繁华渐渐看成寂然

晋朝的烽火，被一江隔在对岸
将士们的剑戟折在滩旁，越地上的士大夫从容清谈
唐朝诗人们循着踪迹，将吟咏的诗句
折成舟的模样，听晋人的笑
溯河远行，每一句诗，疾行

追寻月下前人的醉酒和傲狂

剑气和诗情,蜻蜓
如一根古老的虬枝
潜入山川隘口,萧山、绍兴、上虞、余姚、宁波
晨昏时分,在闸口静候
商贸、客运来往的声音里,与大地互换信物
喧闹渐渐隐退,它的名字明晃晃
来自出鞘的利刃,牢牢插进腹地
一眼活泉,源源不断
喷薄着,历史的气度和风骨

◎**母亲的叙事诗**

她一直在船上生活
沿着岸边的台阶上岸
嫁作他妇
黝黑的脸、眼底纯真的墨黑
穿过白浪,翻滚
埠头探身,是一头丰盈的秀发
像水草的影子,顺着青苔的经脉
游走进生活的缝隙

她眯着眼,望远方的船只
数着日复一日,甲板上
的童年——水上的生活
她爱这条河,在身体中奔涌的涛声

呼啸着将她的日子,缓缓推行

日子,沿着纤道的号子
划得绵远而悠长
她站在岸上,将生活的痕迹
在河水中淘洗、晾晒
水的波纹漫过边角

她日渐丰腴的体态,像土层下
错综庞大的根系,扎入
命运的年轮
纠缠着她的丈夫和子女,以及
岸边的岁月
河的四季,经行的船只
沿着生命的河流,从船上到陆地
从她到儿孙

每一个岸边的女人,手浸入河水
都是一次次抒情的抵达
汗和皱纹沿着茧子
绕过掌纹,颤动的指尖
在波浪的尽头,接通
命运的下一个入口
波澜不惊

◎运河随想

此刻的河,有些落寞
顾自流动着,除了苔草
还有曾经的回声

螺蛳从河底仰视
船只从甲板上仰视
历史从深渊仰视

正如此刻的人,在岸上仰视生活
脚下的淤泥啊,动弹不得

新塘的羽毛（组诗）

许也平

新塘的羽毛，是 1993 年
从一家羽绒厂腾飞起来
白鸭绒、灰鸭绒、白鹅绒
从鹅毛毛、鸭毛毛的吆喝声中
从小贩的穿街走巷身影里
渐渐长大

柳桥的羽绒，它完美地吸收了
太阳的热度，和人世间的温情
吸收了人们互相的祝愿
通过流通，散发给需要温暖的人们
他们互相祝福，互相问安
把一种爱意散布在人间

◎文昌桥

在浙东运河，新塘段
文昌桥像一位古代的淑女
独守空房，守护着逝去的岁月
城市的繁华，侵蚀了古典的美感
古纤道上昔日纤夫的足迹
已无从考证

只有文昌桥,守护着历史的秘密
只有窃窃私语的风,从身边走过

雨中的古纤道

郑　刚

从唐朝以来
有多少滴雨水落在这块青石板上
我在纠结这个问题

运河上空的梅雨没有停下的意思
雨点很猛
最后一声号子躲在古纤道的缝隙里
不敢露头

脚下有些湿滑
我站立不动
就怕一不留神
滑进运河的年轮里无法抽身

更多的时候
我只是远远望着古纤道
青石板上重重叠叠的脚印
赤裸地承载着历朝历代的分量

还是不要去过多打扰
悄悄地看运河里流淌的岁月

新塘纪行（三首）

沈国龙

◎驻足箩婆寺

曲径通幽，在喧嚣的城市
此刻，我伫立于早已落俗的
箩婆寺前
变了旧模样的官河，一成不变
向东流淌
漫射着阳光的碎片，让人似老僧入定
于冥冥中探索这一切的本质
我用不成篇的词句，抨击河流
让灵魂进入不息的涟漪，游历、穿越

大唐证圣年间的塘报
见证了一个励志的传奇
"情道执着，莫言那份寂寞"
一箩担母，一箩盛书的贺担僧
流浪书生，鱼跃龙门
不远处的文笔峰诗意弥漫

往东，往东，官河依旧
我们从《回乡偶书》中窥测出四明狂客的荣耀之感
苍穹铸就的生命之舟，成为标杆

引无数诗人接踵而至
让流淌的官河,有了一个新的称谓
——浙东唐诗之路

记忆从涟漪中流淌出来
又在时光中凝固成历史

我的灵魂游走于官河四周
临河而卧的佛龛、石雕泥塑的神像
文笔峰下的百步寺、思家桥
那座"甲科济美"的牌坊
无不彰显出知章先生的气息
乏善陈述的历史碎片
官河畔摇曳的诗歌
挂在风中,构成了不朽的经幡
笋婆担书的书生影像,不时显现

2020 年初夏的新塘
我与一干诗人踏迹于此
将一鳞半爪用谶语铅封
埋入运河
或许,千年以后,也会泛出一丁半点

◎官河掠影

浙东运河是水走出来的路
它是灵动的,携带着时光迈过人间

东奔西走的船，沉淀了几许凡尘旧事
随意在运河中掬一泓水
就会蹦出诗的韵味

在城市化浪潮汹涌的新塘
透过旷野荒芜
我行走在充斥着野草的古纤道
听一座座桥诉说前世今生
水边，那逐渐消瘦的水系
像传递着某种重要的信息，急切的
我站在那里，让一缕思绪
穿越身体，童年的影子
若隐若现在青草丛中
打水漂、摸螺蛳、随意地游于河道中
草丛中的风，挟带着苦涩和清新
承载了一代代人的盼望
我贪婪地嗅着泥土的混杂味道

"孤灯乍明灭，隐约小桥边"
"放翁系缆水云乡""斗酒高歌自笑狂"
在新塘大地上
古朴与现代交相辉映
听历史低吟，看古老碑文解析出一段时光
古老的拴纤石，可否系住了厚重的醇味
感谢这充满诱惑的日子

◎谒朱凤标故居

江南发达的水系
以浙东运河为轴衍生
坐标:新塘朱家坛,"榜眼墙门"
奔腾不息的水流淌在新塘的土地
感谢记录者,让他穿越芸芸众生
在漫长的世纪间,清晰地活着
成为远景与近景交融的局部
在这方热土上

落花无意,坚守的明清陌巷,踉跄至今
此刻,我以虔诚的心
进入"萧山相国"的故宅
黛苔苍苍,我以膜拜的姿态
与游出庙堂的理学后裔
来一次灵魂的对接
我仰望他的时候,他也在看我
多维之间,时空朝那个时空倾斜
庭院深深,白墙、黑瓦、木柱
这样的背景,足以使人参透世相
冥想、思索、感悟、苦修,一种不可名状的感觉
其时,他跨进我的身躯,点燃我的血
"敢言人所不敢言"

残缺的青石板路,斑驳的石桥

眼前，贯通官河的小河
不时泛出当年保存的密码
一些事情早已无须托付
影像，刻录在欲望的风中
朱凤标，是千年运河孕育的醇酒
需要用时光来慢慢品味

生活如戏剧般戏剧
在诗意和醉意弥漫的浙东运河畔
一个名字，停留在时空的某个拐点
未来的时光里，谁是归人

我在新塘的桥头等你（组诗）

朱振娟

◎我在新塘的桥头等你

你来与不来
我都在新塘的桥头等你
在岁月沉浮中
在前世今生里
我着一袭红衣
如一个待嫁的新娘

你在与不在
我都透过白墙青瓦
看见了时光中的你
如飞行的鸟儿
在新塘清澈的天空里翱翔

你爱与不爱
我都守着一份刻骨的等待
等你临窗一瞥
等你白马轻骑

我在新塘的桥头等你
等暮色晕成了画

等月色染白了我的发
新塘的灯光桨影里
散落一段佳话

◎官河轻舟

与你对视的瞬间
我发现我老了
在你遗世独立的芬芳中
我打不开自己的嗅觉
只听见你一点一滴水流的声音
落在我的心上

总是记不住你的名字
就像记不住自己
年少时的容颜一样
那些春风摇曳的时光
最终都滴落在唐诗宋词的胸怀里
在黑色的夜空里
凝结成舟

◎姑娘桥

每一块青石板都是一个故事
砌成你弯弯的背
我每走一步
都怕惊了你的梦

桥边的姑娘
晕开一片黑白纯净的墨香
我枕着新塘的水
从此落地生根

◎**西许爱情**

小妹嫁到西许那天
我刚好在阅读一本地理杂志
杂志上的西许只是一个小点
几十公里的爱情
一只蚂蚁都可以爬到的距离
却隔了千山万水

母亲墙一样的固执
横在他们之间
悄无声息又入骨三分
爱情犹如刀尖上的舞蹈
每走一步都会疼痛

母亲去新塘旅游时
正是千年古镇的春天
姹紫嫣红里的古刹禅意悠远
母亲心里的墙化成了古运河的水
那只蚂蚁爬到了那个点

雨过纤道

何健飞

运河的石纤道上
一个个小坑洼
是纤夫身上剥落的毛孔
浸润汗水与血水
每个毛孔都在呼吸
于是
纤道有了生命
历史有了生命

那一天
雨水溅满了纤道
纤道上开出一朵朵晶莹的花
两旁的运河
满河的水花生生灭灭
争先恐后
拥抱着又离别着

我走在纤道上
前后雨雾蒙蒙
不见来者
亦不为来者见
纤道是展开的石简

我在上面飘过
不留下一个印痕

这正好
雨声在那里
就算没有了雨声
水声在那里
就算没有了水声
有诗在那里

运河记

黄依童

◎运河记

浙东运河是个孤独的人

它赶走河岸边看热闹的人
那时还是长袖
穿裙子的变成穿裤子的

它也赶走河里的船只
太白、乐天难逃一劫
乾隆皇帝的新装也不够一盏茶的工夫

最执拗的是吃这赶路饭的纤夫
饱食着每一时代的疼痛
汗水是古纤道的工程师

现在，一群诗人围在这里
观赏
多年以后，他们也将被围观
被赶走
在运河

◎中学时刻

从家抵达学校,然后返回
我们不断习惯折返
或观察一朵云尾随公交车的领空
时间总定格于黄昏
两三支鱼竿正研读姜太公的手艺;而天阴
雨,总败落于石榴裙下
望不穿小小的天堂伞
中学时刻,路过运河就像路过一条平凡的河
那人总在那里
现在我不断练习
折返,只是在转角遇见
一叠陌生的曲线

◎远去了

远去了,连同粼粼的波痕
和村民心头反复演绎的
一瞬
如此哀婉,源于千百年前的醉酒失言
我们深深地浅浅地爱过或想象过的
产房

纤夫的影子

施淑瑛

在浙东运河,新塘段的古纤道上
曾经有一群人
用一根粗重的纤绳,紧绷在肩上
身体被压成风吹的样子
一步一步地,在坚硬的石头上行走

运河的水,像男高音的歌声
回荡在河流中
不管风雨烈日
河面上,总有船只在艰难行驶

新塘记

卓　亚

请原谅我在大雨倾盆之后
以诗歌的名义赞美一个暴君
迷离的河流千年来一直汹涌着
人间的福祉

一个个消失的码头
就像西山上难以寻觅的坟冢
我的身体长满荒芜的青草
遮掩了黑泥与骨头

无风而帆鼓是一位诗人
一厢情愿的意象词
文昌桥上,我们交换光影
在纤道旁谈论盛文阁
一双赤脚荡起涟漪
阿婆站在横流前遥望

一些人死得过于久远,只能听到
替身的赞歌。一些人悄悄离开
走进新塘,然后再出来

新塘，我的第二故乡（组诗）

颜林华

◎遇见新塘

我，曾经像一个流浪者
乘着"哐当"作响的绿皮火车
自祖国西南而来
最终落脚于，一个酷似家乡的异乡

时光在此处停滞
年轮在这里沉思
而立之年，偏居新塘
是命不认命，卸下蜗居安家的轻狂

新塘的过去，不曾有我
后来的新塘，让异乡人不再彷徨
遇见新塘，就像守着花一样的芬芳
户口本显示，这里是我的第二故乡

◎华云寺

梵音穿过丛林
抚慰了凡人的心
寻声而至，初见"华云"

一处掩映在绿树中的好风景

东面临水的华云寺
背靠临桥季真亭
我只在门前作揖
不敢惊扰寺内的光景

威武矗立的"诗狂"铜像
映衬着知章公园的绝美风景
你听,那是僧人的念经声
还是孩童的问候声

四明狂客归来时
华云寺旁百花开

遇见大运河

子　木

◎空　如

以一千年为计
树倒便已腐朽
尘埃如风
吹向更深的时间底处

然而,河流却以价值取胜
运输、航驳、灌溉、通联
在历史交汇处
自主、独立、脉脉

之后,工业文明走来
人们渐渐遗忘河流的秘密

水继续流动着
少了人的俯视与敬爱
少了烟火的萦绕
少了依赖与温存
安静得像个老者
他开始有了年轮、褶皱
悄无声息

春风又过
他有了千年之前的记忆

◎守　护

遗忘是默不作声的
燕子南飞、北归
存有规律
草长雨落,顺其自然

岸上的居民
已迁徙、更迭,绵延不知几代
河流仍旧伫立

淘米、洗菜、垂钓
它活得离他们生活最近

冬季笼烟的河流
对岸喊几句长歌
趣意丛生

乖巧伶俐的孩童
打水漂的年纪
在岸边奔跑
从青涩的少年,跑成了蓊郁的壮年

干涸有时，人们也会感叹
感叹河流浅了
感叹生活远了

随即一场大雨
涨溢如大伙的期盼
它又回归到了人们的视野

◎一幅守护者的姿态

他的名与姓
失去不论时间
而论是否记得他的名与姓

终于，人们替他找到了时间的答案
——浙东大运河
宽广的称谓
似乎与他现实宽度并不匹配

可若姓名与宽度对等
那么，将时间置于何地？

千年前的成型
千年后的发现
陪伴有着千年的丈量维度
人们爱他，如同自己
无所谓名字

他像一位隐忍的男子
恪守着内敛、深沉的品格
活得如同君子

尽管,埋没了千年的名与姓
被发现的那一刻
已然泪目

他却化泪为水
流进自己的身体
继续流淌、守护

日月星辰物换
诚然
无论被冠以怎样的名与姓
他一直都在
静静的,静静地

情系浙东，回望运河

谢鸿雁

我是你血管里的一条船

枕着波涛在东晋从西兴出发

一路流向宁波

欸乃的桨声里

我习惯于萧绍平原的方言

在你起伏的脉搏里

我偷窥两岸

春日里的麦绿

夏日里的稻黄

秋日里板栗的火红

冬日里白米饭上的乌干菜

河埠上洗菜的妇人

河里赤条的孩子们

打鱼的男子

采菱人的歌声

长篙逆流而过

有纤夫们的哼唧在回荡

篙后是沙是米是盐是布是桂园是咸鱼是木耳

客轮在石垒的码头起锚

我的梦跌碎在新塘的三碰桥上

留影是我今世着蓝旗袍的封底

新塘在萧山的泥土里发酵

这里有信仰的年轮

洗涤灵魂的潮头精神

每一缕空气都散发着大自然赋予的使命

这江南这水网充盈的早晨

你守着这幅绝版画千年

时代式漏沙不曾离去

历史的高光将你遍彻

现代滤镜早已覆盖你回声

穿过星空离你日渐远去

现场（二首）

思　思

◎现　场

我喜欢黑衣女子的胸
喜欢谢君的豪迈
喜欢诗人破碎的童年记忆
古运河的荒凉衰败
我喜欢太阳底下无新鲜事
喜欢新鲜事披着旧衣在旧物里
濯出新面貌
我喜欢这样的人生组成
水里面捉迷藏

◎段……

是我们的容器有问题了吗
你看，大自然的雨水忽然就狂妄地扑来
在新塘的古镜中
我看到这一幕
看到疫情与洪水的诅咒
正在挣脱历史和大禹的掌控

走出去

跨过 2020
以节点的胜利宣告时代的更迭